JACOBO BERGARECHE

Die perfekten Tage

JACOBO BERGARECHE

Die perfekten Tage

Roman

Aus dem Spanischen übersetzt
von Kirsten Brandt

THIELE VERLAG

Für Sergio, Mundo, die Alte, Shaun
und alle Freunde aus Austin

Dank an die Mitarbeiterinnen und Mitarbeiter
des Harry Ransom Centers

Über fünfzig Jahre habe ich nunmehr unbesiegt
in Frieden geherrscht, von meinen Untertanen geliebt,
von meinen Feinden gefürchtet,
von meinen Verbündeten geachtet.
Ich habe Reichtümer und
Ehren, Macht und Vergnügen besessen,
und nichts von dem, womit die Erde gesegnet ist,
schien mir je unerreichbar.
In dieser Lage habe ich sorgfältig die Tage
reinen, vollkommenen Glücks gezählt,
die mir beschieden waren:
Es waren vierzehn.

ABD AR-RAHMAN III.

Luis an Camila

Austin, Juni 2019

Liebe Camila,

erst jetzt wird mir klar, dass ich im letzten Jahr immer dann wirklich glücklich war, wenn ich mit meiner jüngsten Tochter Carmen »Krieg« gespielt habe, wie sie das nennt: ein kleines Ritual, das sie abends vor dem Zubettgehen oft einfordert. Wir tun dann so, als würden wir kämpfen. Sie sieht mich böse an, fuchtelt drohend mit Armen und Beinen – wahrscheinlich hat sie sich die Bewegungen von irgendwelchen Kampfsportvorführungen auf dem Schulhof abgeschaut –, und ich muss eine ihrer herumwirbelnden Gliedmaßen packen, sie festhalten, einmal auf meinen Armen im Kreis drehen und aufs Bett werfen. Sie versucht, sich wieder aufzurichten, ich drücke gegen ihre Stirn, sie lässt sich in die Kissen fallen, schnellt wieder hoch, und ich stoße sie wieder zurück. Dann packe ich sie an den Knöcheln und ziehe sie mit einem Ruck hoch, sodass sie kopfüber in der Luft hängt. Ich kitzele sie durch, bis sie um Gnade fleht, während sie unter Lachen und Kreischen versucht, möglichst lange durchzuhalten. Manchmal endet unser Gerangel in Tränen, weil sie schmerzhaft meine Nase erwischt oder ich ihr aus Versehen einen Kratzer zufüge oder sie sich den Kopf an der Wand stößt. Dann weint sie. Aber an den meisten Abenden kann sie gar nicht genug bekommen, wieder und wieder soll ich sie herumschleudern, an den Knöcheln hochziehen und an den Füßen kitzeln. Sie erpresst mich, sagt, dass ich keinen Gutenachtkuss bekomme, wenn wir nicht vorher unser abendliches Kämpfchen machen, weil sie weiß, dass der Tag für mich nicht gut endet, wenn sie mich vor dem Einschlafen nicht zum Abschied küsst.

An manchen Tagen komme ich erst nach Hause, wenn Carmen schon schläft, an anderen bin ich so erschöpft, dass ich mich nicht traue, sie herumzuschleudern, aus Angst, ich könne sie fallen lassen oder ihre Fußgelenke nicht fest genug packen. An solchen Tagen quält mich manchmal der Gedanke, dass es vielleicht bald keine Kämpfe mehr geben wird, dass ich unwissentlich meine letzte Gelegenheit für unser kleines Ritual versäumt habe, dass Carmen vielleicht schon morgen nicht mehr mag und übermorgen auch nicht, und auf einmal ist sie groß und hat keine Lust mehr auf diese Raufereien, will sich nicht mehr durchkitzeln lassen, bis sie vor Lachen völlig außer Puste ist, will ihren Gutenachtkuss nicht mehr teuer verkaufen, sondern schenkt ihn mir rasch, um mich los zu sein. Denn genauso, wie sie vor etwa einem Jahr eines Abends vor dem Einschlafen um diesen ausgelassenen Kampf gebettelt hat, wird der Tag kommen, an dem sie mich nicht mehr darum bittet, und auch wenn ich versuche, pünktlich zu unserer abendlichen Rauferei da zu sein, ist mir klar, dass irgendeiner dieser Kämpfe unweigerlich der letzte sein wird, ohne dass ich es wissen werde (es sei denn, unser wildes Gerangel endet in einem Unglück und sie bricht sich an einer Tischkante das Genick, wie ich manchmal fürchte, weil alles, was passieren kann, leider irgendwann auch passiert).

Abend für Abend verpassen wir unsere Verabredung, weil ich geschäftlich unterwegs bin oder sie im Sommercamp ist, und auf einmal wird die Zeit für unsere Kämpfe vorbei sein, sie ist größer geworden und ich bin älter geworden, und unser abendliches Ritual wird nur noch eine glückliche Kindheitserinnerung sein, die aus einer festen, abgeschlossenen Zahl besteht, der Anzahl der Kämpfe, die wir vom ersten über viele weitere bis zum letzten geführt haben. Wir werden am Ende nicht wissen, wie viele es waren, weil wir unsere Kämpfe nicht zählen. Und doch ist mir immer schmerzlich bewusst, dass diese Zahl begrenzt ist, dass es ein erstes Mal gab und früher oder später ein letztes Mal geben wird.

Und das geht mir nicht nur mit den abendlichen Kämpfen mit meiner kleinen Tochter so, sondern mit allem, was ich gerne immer wieder tue. Wie oft habe ich mich nicht schon nach einem Sonntagsfrühstück von meiner Mutter mit dem Gedanken verabschiedet, dass es vielleicht das letzte war, wie oft habe ich nicht schon meine drei Kinder geküsst, bevor ich auf Reisen ging, und dann, sobald ich aus dem Haus war, gedacht, dass dies vielleicht der letzte Kuss war, weil das Flugzeug abstürzt oder sie bei einem Brand ums Leben kommen – ausgelöst von dem albernen Luftbefeuchter, mit dem meine Frau den Husten der Kinder bekämpft und den ich für genauso nutzlos halte wie irgendwelche Hausmittelchen.

Und genau so geht es mir auch mit dir, ja, so ist es mir ergangen, seit ich dich zum ersten Mal küsste und dann im Bett lag und inbrünstig hoffte, dieser überraschende, gänzlich unerwartete Kuss möge nicht der letzte gewesen sein. Und als du mich dann am Tag darauf zum zweiten Mal geküsst hast, fing ich an, jeden einzelnen Kuss zu zählen, den wir in den drei Tagen unserer ersten Begegnung tauschten. Bis zu unserem Wiedersehen kämpfte ich nächtelang gegen das Gespenst des letzten Kusses, verdrängte den Gedanken, dass ich dir diesen Kuss gegeben haben könnte, ohne zu wissen, dass es der letzte war, dass alles vorbei war, der Vorhang gefallen, die Leute nach Hause gegangen, nur ich saß noch im Zuschauerraum und wartete auf den nächsten Akt.

Als wir ein Jahr später an den Schauplatz unseres Verbrechens zurückkehrten und du mich am Flughafen küsstest, noch bevor ich dir die Worte sagen konnte, die ich mir während des Flugs für unser Wiedersehen zurechtgelegt hatte, war ich beruhigt und hörte endlich auf zu zählen. Ich hatte keine Angst mehr vor der Endlichkeit, redete mir ein, dass es Jahr für Jahr so weitergehen würde, der letzte Kuss schien noch weit weg zu sein, in ferner Zukunft zu liegen.

Wie viel Zeit habe ich nicht schon mit Sorgen vergeudet, die sich wie feiner Nebel jedes Mal auf mein Gemüt legen, wenn mich irgendetwas daran erinnert, dass alles, was ich nicht verlieren will, einen Anfang hatte und eines Tages auch ein Ende haben wird. Dann versuche ich, diesen fruchtlosen Gedanken so schnell wie möglich zu vertreiben, bevor der Nebel sich in meinem Bewusstsein zur konkreten Vision eines letzten Males verdichtet, einem

Bild, das ich reglos und ängstlich betrachte und dem ich schutzlos ausgeliefert bin.

Und deshalb überkommt mich auch jetzt, da mir der Ordner mit den Briefen eines berühmten, längst verstorbenen Schriftstellers an seine ebenfalls tote Geliebte in die Hände gefallen ist, wieder dieses beunruhigende Gefühl: Ich sehe den ersten Brief einer Liebesgeschichte ganz oben im Ordner und zugleich den letzten ganz unten und versuche unwillkürlich abzuschätzen, wie viele Seiten dazwischen liegen und wie viele noch bleiben, bis die Romanze aus und vorbei ist. Mit Sicherheit lässt sich sagen, dass die Beweise, die der Welt von dieser Romanze geblieben sind, eine Stärke von circa anderthalb Zentimetern haben und fünfunddreißig mal fünfundzwanzig Zentimeter messen – die Maße des elfenbeinfarbenen Ordners mit den Briefen aus Container 11 des William-Faulkner-Archivs im Harry Ransom Center.

Hier sitze ich also an diesem Morgen und werde wohl auch den Rest des Tages und die folgenden Tage hier verbringen, so lange, bis ich den ursprünglichen Grund meiner Reise, die inzwischen völlig bedeutungslos geworden ist, ganz und gar vergessen habe. Die Briefe sind verführerisch, ich bin, wie gesagt, zufällig auf sie gestoßen und lese sie so begierig wie ein Teenager die Liebesratgeberseite einer Jugendzeitschrift auf der Suche nach möglichen Antworten. Und trotzdem wirft der Anblick des Ordners neue Fragen auf. Welchen Umfang wird unsere Geschichte wohl haben? (Nennen wir es mangels einer besseren Bezeichnung einfach *unsere Geschichte.*) Welche Spuren hat sie hinterlassen, was bleibt von ihr? Es gibt keinerlei Erinnerungsstücke. Ich habe alles, wirklich alles, gelöscht, und ich glaube, du hast das Gleiche getan. Ich weiß nur, dass ich dich letztes Jahr um diese Zeit in dieser Stadt für vier Tage gesehen habe und weitere drei Tage im Jahr zuvor. Wobei »gesehen« es nicht annähernd beschreibt. Ich hatte dich, du hattest mich. Wir hatten uns.

Ich frage mich, ob in irgendeinem Keller in South Dakota oder Malta ein aktiver Server steht, auf dem eine Kopie aller unserer gelöschten Nachrichten gespeichert ist. In den sozialen Netzwerken existieren noch zwei, drei Fotos von Orten, an denen wir zusammen waren, aber beim Hochladen haben wir sorgfältig darauf geachtet, dass sich auf ihnen kein Hinweis auf uns beide findet. Alles, was mir bleibt, ist die einzigartige Wolkenformation an jenem Tag, den wir zusammen verbracht haben, auf einem Foto bei Instagram. Und ich habe noch das

Buch, das du mir in dieser Buchhandlung in Austin geschenkt hast. Jetzt bereue ich, dass ich dich damals gebeten habe, mir nichts hineinzuschreiben, dass ich so feige war, so sehr darauf bedacht, keine Spuren *unserer Geschichte* zu hinterlassen.

Und nun, da ich einen kurzen, neidvollen Blick auf Mister Faulkners Privatkorrespondenz geworfen habe, verspüre ich ein großes Verlangen danach, wenigstens einen winzigen Beweis, ein Anzeichen dafür zu haben, dass es *unsere Geschichte* wirklich gab, dass sie stattgefunden hat. Ein Verlangen, dem ich besser nicht nachgebe: Bevor ich in diese Bibliothek kam, war ich froh und erleichtert, dass von uns eben nichts geblieben war, dass ich keinen Fetisch besaß, dessen bloße Berührung eine Flut von Fantasien in Gang gesetzt hätte, wie diese Woche hier mit dir hätte sein können. Ich war froh, dass es kein Foto gab, das mir die Erinnerung an die vier Nächte im letzten Jahr oder an die drei Nächte im Jahr davor zurückgebracht hätte. Es fällt mir schwer zu glauben, dass wir alles in allem nur sieben Tage miteinander verbracht haben, denn diese Tage nehmen so viel Raum in mir ein, dass ich kaum an etwas anderes denken kann, wenn ich durch diese Stadt gehe, vor allem in dem Wissen, dass du auch hier bist, wahrscheinlich keine fünfhundert Meter von mir entfernt, und die nächsten vier Nächte ebenfalls hier sein wirst. Ich hatte mir fest vorgenommen, dir nicht zu schreiben, deine Entscheidung zu akzeptieren, ohne eine Erklärung zu verlangen, ich habe das, was du in deiner letzten Nachricht geschrieben hast, als Befehl verstanden: »Mein Mann hat in letzter Minute beschlossen, mich zu begleiten, also schreib mir bitte nicht mehr. Lass es uns hiermit beenden und einfach in Erinnerung behalten. Adiós, ich liebe dich.«

Ich habe die Nachricht vielleicht zwanzig Mal gelesen, dann habe ich sie gelöscht und deine Handynummer gleich dazu, um jede Versuchung im Keim zu ersticken (deine E-Mail kann ich nicht vergessen, sie ist zu einfach). Dieses *Lass es uns einfach in Erinnerung behalten*, mit dem du mich trösten willst, ist jetzt genau mein Problem, weil ich die Erinnerung, um sie zu behalten, irgendwie verwahren muss: Man weiß ja, dass Erinnerungen, die sich nicht auf Bilder, Worte oder Gegenstände stützen können, allmählich verblassen, undeutlich werden; ihre Umrisse verschwimmen, ihre Farben fließen ineinander, bis nur noch ein leuchtender Fleck übrigbleibt, den die Dunkelheit am Ende verschlingt.

Lass es uns einfach in Erinnerung behalten, schreibst du, und in meiner Besessenheit, zu erkennen, wann etwas zum letzten Mal geschieht, wird mir klar, dass dieser Satz wahrscheinlich der letzte ist, in dem wir für uns beide die erste Person Plural verwenden, das letzte Mal, dass von uns gemeinsam im Präsens die Rede ist. Wahrscheinlich wäre es das Beste, wenn wir es nicht in Erinnerung behielten, ich glaube, das tut uns nicht gut, aber wenn wir tun, worum du mich bittest, wenn wir es wirklich in Erinnerung behalten, müsste man zuerst einmal die Voraussetzung dafür schaffen, soll heißen, wir müssten eine Möglichkeit finden, die Erinnerung zu bewahren. Mir bleibt nur die Sprache, um sie zu konservieren, darum gestatte mir, diesen Brief zu schreiben, den ich vermutlich sowieso nie abschicken werde. Es genügt mir schon, zu wissen, dass ich mit dir rede, ich will mich noch ein bisschen länger mit der Stimme sprechen hören, die ich nur für dich hatte, die du hervorgebracht hast. Genauso ist es, so lächerlich, kitschig und würdelos: Ich will mich selbst hören, wie ich mit dieser Stimme spreche, die bald in deinem Schweigen verloren gegangen sein wird, ich will noch für eine Weile dieses Instrument erklingen lassen, das zu spielen ich so gut gelernt habe und das nur da war, damit du es hörtest.

Und während ich dies hier schreibe, kommen mir mit einem Mal Zweifel, ob wir uns vielleicht nicht nur in unser verliebtes Selbst verlieben, ob ich in Wirklichkeit nicht einfach nur Angst davor habe, nicht mehr der Mensch sein zu können, der in dich verliebt war, dieser Mensch, der sagen, tun und fühlen kann, was ein Verliebter eben so sagt, tut und fühlt. Ein begründeter Zweifel – schließlich habe ich mit dir insgesamt nicht mehr als sieben Tage verbracht, genau genommen nur drei Tage, gefolgt von einem Jahr Pause, und dann noch einmal vier Tage, gefolgt von einem weiteren Jahr Pause, die eigentlich gestern mit einem leidenschaftlichen Wiedersehen am Flughafen hätte enden sollen. Aber die Zeit ohne dich gehört auch dazu, denn auch die Abwesenheit hat *unsere Geschichte* geformt, so wie die Pausen der Musik Form verleihen oder die Schatten der Malerei.

Als ich nach unserem ersten Zusammensein vor zwei Jahren wieder zu Hause ankam, wurde mir bewusst, dass ich nicht so sehr nach Madrid als vielmehr in mein altes Leben zurückkehrte, dass ich dieses Leben für drei Tage verlassen hatte, um ein anderes Leben zu leben. Ein anderes Leben und doch zugleich ganz und gar meines, ein Leben, das mir diese Stimme verlieh, die ich nur hatte, wenn ich mit dir zusammen war, ein Leben, in das niemand sonst passte und in der mein normales Leben (das, wie es scheint, von nun das einzige sein wird, das ich habe) verschwand, bis wir uns wieder trennten. Man kann mehr als ein Leben haben, aber man kann immer nur in einem sein, und man wird sich seines Lebens erst bewusst, wenn man plötzlich einen Blick auf ein anderes Leben erhascht, das auch das deine hätte sein können.

Wir haben immer stets so sorgfältig darauf geachtet, unsere anderen Leben nicht zu erwähnen (unsere Leben oder Lebenspartner, ich bin mir nicht sicher, welchen Begriff ich verwenden soll), verwahrten sie in säuberlich voneinander getrennten Behältnissen, damit sie sich nicht gegenseitig kontaminierten. Ich wollte nicht deine Meinung zu dem Leben hören, das nun mal das meine ist, und wollte mir auch nicht dich in deinem Leben vorstellen, wollte seine hellen und dunklen Seiten nicht kennen, wollte mich nicht mit deinem Ehemann vergleichen und wollte nicht, dass du dich mit meiner Frau vergleichst. Es war uns wichtig, frei zu bleiben von dem, was wir sind, wenn wir uns nicht sehen, von dem, wohin wir zurückkehren müssen. Daran wird sich auch jetzt nichts ändern, ich werde dir nichts aus meinem Leben erzählen, jedenfalls nichts Konkretes.

Lass mich stattdessen folgende Metapher verwenden: Als du in mein Leben tratst, war dieses Leben wie ein riesiges Containerschiff – einige Container enthielten Giftmüll, andere waren voll mit fast aufgegebenen Hoffnungen, voll mit Verantwortlichkeiten und Sorgen, und wieder andere quollen über von unterdrücktem Verlangen. Das Schiff kroch unerträglich langsam über ein viel zu weites Meer. Jeden Morgen erwachte ich in der Hoffnung auf eine ruhige See und baldige Einfahrt in einen Hafen, um meine Fracht endlich löschen zu können, denn mit jedem Sturm, den wir durchfahren hatten, waren die aufeinandergestapelten Container verrutscht, sodass das Schiff schon gefährlich Schlagseite hatte. Und dann lernte ich mitten auf dieser Überfahrt dich kennen, und zu meinem Erstaunen legten sich die wenigen Tage, die ich mit dir verbrachte, wie ein genau abgewogenes Gegengewicht auf das Schiff, sodass es wieder gerade lag, Fahrt aufnahm und schließlich im Hafen anlegte, wo ich Dutzende Container entladen konnte.

Drei oder vier Tage im Jahr sind genau die richtige Zeitspanne für eine kleine Flucht, viel mehr sollten es nicht sein. Der Teil von uns, den wir vor den anderen verbergen, muss klein sein, sonst entfremden wir uns von den Menschen, die uns nahestehen, oder, schlimmer noch, kommen den Menschen näher, mit denen wir doch gerade eine

Intimität genossen haben, wie sie nur zwischen Fremden möglich ist. Irgendwann kommt ein Punkt im Leben, an dem wir nur noch mit fremden Menschen reden können, weil wir ihnen ohne Furcht, sie zu schockieren oder zu enttäuschen, von unseren geheimen Wünschen und den geplatzten Träumen erzählen können, von dem, was wir nicht mehr sein wollen, und von dem Menschen, zu dem wir allmählich werden.

Ich werde unerträglich poetisch (im schlechtesten Sinne des Wortes, vielleicht wäre »rührselig« der treffendere Ausdruck), dieses ganze allegorische Gerede von *Die Stimme, die ich dir verdanke* – das hat Pedro Salinas in seinem Gedicht auch schon besser gesagt – oder vom Schiff des Lebens bleibt mir im Halse stecken. Dabei war ich vor allem nach Austin gekommen, um all die Ausdrücke anzuwenden, die ich von dir gelernt hatte, »bailar de cartoncito«, wie ihr es in Mexiko nennt, wenn man eng umschlungen tanzt, »apapacharme«, dich abküssen, dann »un faje«, eine wilde Fummelei im Taxi auf dem Weg zum Hotel, und zuletzt »matarte la rata a palos« (das ist zweifellos mein Lieblingsausdruck: die Ratte mit dem Stock erschlagen), »coger«, wie ihr es nennt, oder, wie wir Spanier sagen, »echar un polvo«, eine Nummer schieben, die Nummer, von der ich ein ganzes Jahr lang geträumt, die ich im Geiste geprobt und immer wieder durchgespielt hatte. Aber nein. Stattdessen versteige ich mich hier in Metaphern, umhülle den Leichnam *unserer Geschichte* kunstvoller als eine ägyptische Mumie.

Die Alternative ist, möglichst nicht an dich zu denken, nicht daran zu denken, dass du auf demselben Campus unterwegs bist wie ich, während ich versuche, einen hübschen rührseligen Text zu verfassen, nicht daran zu denken, dass ich dir beim Verlassen des Harry Ransom Centers über den Weg laufen könnte, und mich stattdessen auf das zu konzentrieren, weswegen ich vorgeblich hier bin: Ich soll mir eine vier bis fünf Seiten lange Reportage für die Sonntagsbeilage meiner Zeitung aus den Fingern saugen, weil der kaufmännische Leiter, der inzwischen bei uns das Sagen hat, nicht einsieht, mir die Reise einzig und allein für die Teilnahme am Kongress zu bezahlen, *was hat die Zeitung davon, wenn du zu diesem Kongress fährst, der ganze Kram wird doch sowieso gestreamt*, vielleicht hätte er ein Einsehen gehabt, wenn er uns im *White Horse* hätte tanzen sehen, dann hätte er verstanden, dass das Glücksgefühl, das ich von der Reise mitzubringen gedachte, sich auf die ganze Redaktion übertragen hätte. Aber so läuft das jetzt bei den spanischen

Mediengruppen, alles ist ein Kuhhandel, *ich zahle dir den Flug, aber in der Holzklasse mit drei Zwischenstopps, du übernachtest im Holiday Inn und ernährst dich von Sandwiches, und dafür lieferst du mir eine Reportage oder irgendeinen anderen Text, der die Spesen rechtfertigt.* Wahrscheinlich werden sie mir nächstes Jahr die Reise gar nicht mehr zahlen, ich wüsste nicht, wie ich über Austin mehr als eine Reportage schreiben könnte, aber selbst wenn, ist es auch egal, der eigentliche Grund meiner Reise hat sich sowieso erledigt, nur der Erinnerungen wegen herzukommen, ist wohl keine gute Idee, ich möchte gerne glauben, dass ich nicht an Nostalgie glaube.

Immerhin bietet dieser Ort, das Harry Ransom Center, genug Stoff für seitenlange Texte in allen nur erdenklichen Beilagen und Ressorts. Du kennst das Institut von außen, es ist diese würfelförmige Festung aus Stahlbeton, die aussieht wie ein Bunker, der neben dem Campusbrunnen in der West 21st Street durch die Plattentektonik an die Erdoberfläche gedrückt wurde. Dieser graue Würfel beherbergt dreiundvierzig Millionen Dokumente, darunter zwei Gutenberg-Bibeln, die erste Fotografie von Nicéphore Niépce, einige *first folios* von Shakespeare, die vollständigen oder unvollständigen Archive lebender – und vor allem toter – Genies wie Houdini, Poe, Conan Doyle, Jean Cocteau, Gabriel García Márquez, Joyce, Beckett, David Foster Wallace, Coetzee, Ishiguro, Anne Sexton, David O. Selznick, Robert de Niro, Arthur Miller, Aleister Crowley, Paul Bowles, Lewis Carroll, Faulkner, Borges, Baroja (wie ist Baroja bloß in Texas gelandet?), Hemingway, Malcolm Lowry, Magnum Photos, alle möglichen seltenen Bücher, Bob Woodwards Unterlagen zu Watergate, handschriftliche Partituren von Verdi, Stravinsky, Ravel, Schriften von Newton, Faksimile mit Berechnungen von Einstein, nur damit du eine ungefähre Idee bekommst: Dieses Archiv ist unendlich.

Kaum zu glauben, dass diese moderne Bibliothek von Alexandria in einer ziemlich unbedeutenden Stadt mitten in Texas liegt, dem letzten amerikanischen Bundesstaat, in dem man ein solches Repertoire an Hochkultur vermuten würde. Man fragt sich, was diese Dinge hier in Austin machen und wie sie hier gelandet sind. Bei meinen beiden vorherigen Besuchen habe ich dieses Archiv komplett übersehen, auf der Liste möglicher Sehenswürdigkeiten der Stadt rangiert es ganz hinten, musst du wissen, weit hinter dem Laden für Cowboystiefel in der South Congress Avenue, dem Aaron Franklin Barbecue, der Formel-1-Rennstrecke oder der Fledermauskolonie in der Congress Avenue Bridge. Frag irgendwen auf der Straße nach dem Harry Ransom Center, und er wird dir nicht sagen können, was es ist, geschweige denn, wo es ist. Ich hätte niemals von der Existenz dieses Archivs erfahren, hätte mir die Zeitung nicht die Pistole auf die Brust gesetzt; entweder ich bringe etwas mit, womit man die Seiten der Beilage füllen kann, oder die Reise nach Austin hat sich für dieses Jahr erledigt.

Bevor ich herkam, suchte ich auf der Webseite in den Beständen des Centers nach einem schamlos offenkundigen Thema, mit dem man die Lücke in einer Sonntagsbeilage füllen könnte, die Watergate-Papiere von Bob Woodward vielleicht oder die Notizbücher und Habseligkeiten von Gabriel García Márquez, irgendetwas, das es mir erlauben würde, innerhalb kürzester Zeit einen verwertbaren Text zu fabrizieren. Die Idee war, mich ins Harry Ransom Center zu schleichen wie ein Dieb, der genau weiß, wonach er sucht, ein paar halbwegs interessante Papiere abzufotografieren, die ich später am Bildschirm lesen könnte, und so schnell wie möglich wieder zu verschwinden. Damit wäre die gesamte Recherche für den Artikel erledigt und mein Auftrag erfüllt gewesen. Dann wollte ich an zwei, drei Veranstaltungen auf dem Kongress teilnehmen, die sich mit deinen Vorlesungen möglichst überschnitten und von denen ich als Alibi ein paar Fotos und Tweets posten würde. Die restliche Zeit hätte ich frei und würde sie ausschließlich mit dir verbringen, bis wir uns am Flughafen seufzend, weinend, schluchzend und vielleicht sogar Rotz und Wasser heulend verabschieden müssten. Die Umlaufbahn des *Unsere Geschichte*-Planeten war unfassbar kurz, die Tage dauerten nur sechzig Minuten und die Stunden sechzig Sekunden: einen Morgen zu vergeuden hieß ein halbes Leben wegzuwerfen.

Nach unserem Abschied würde dann der Moment kommen, in dem ich durch die Druckkammer gehen musste, um den Wiedereintritt in die Atmosphäre zu überstehen und mein System von den Auswirkungen der anderen Atmosphäre, in der ich gelebt hatte, zu reinigen. Dazu würde ich eine Nacht in einem Hotel in New York absteigen und dort einen »Peláez« hinlegen. So heißen bei uns in der Redaktion die Reportagen, die man in einem Schwung und gegen die Uhr schreibt, nachdem man zuvor eine Woche lang kein Wort zu Papier gebracht hat, sondern auf Kosten der Zeitung herumgereist ist und sich ein schönes Leben gemacht hat. Reportagen, die eine Minute vor Redaktionsschluss abgegeben werden, direkt vor

Antritt der Rückreise, und die mit der unschätzbaren Hilfe von Aufputschmitteln und einer Flasche Whisky zustande gekommen sind. Angeblich war das die Methode eines gewissen Peláez, den ich nie kennengelernt habe, weil er gerade, als ich bei der Zeitung anfing, in Bangkok an einem Herzinfarkt starb. Sein Name steht für einen bestimmten Lebensstil, der aber bei den lächerlichen Reisekosten, die man heute erstattet bekommt, eher einem Märchen als der Wirklichkeit entspricht: Für das Hotel in New York und meinen Whisky würde ich selbst aufkommen müssen. Ich würde mich also in ein Hotel in New York zurückziehen, um die Reportage herunterzureißen, und mir anschließend die Kante geben, bis alles, was in Austin geschehen war, zu einer trüben Brühe zerflossen wäre, die Klarheit vom Vortag verloren und die Unbestimmtheit eines Traums angenommen hätte. Tags darauf würde ich nach Madrid zurückkehren, dumpf, übermüdet, unfähig, einen klaren Gedanken zu fassen, nach getaner Arbeit von der Lust auf zu Hause und Hunger nach Essensresten auf dem Herd und Sandwiches aus dem Kühlschrank erfüllt, würde verkatert auf dem Sofa herumhängen und nach einer Decke verlangen, launisch wie ein Kranker. Ich würde so tun, als wäre mein Zustand der Erschöpfung der vielen

Arbeit geschuldet, gepaart noch mit dem Jet Lag, würde im Liegen essen, tagsüber schlafen, bis zum nächsten Morgen in Unterhosen herumlaufen und den ganzen Tag herumsumpfen.

Aber nun hast du alle meine Pläne über den Haufen geworfen, und wie das in solchen Momenten so ist, hat sich die Zeit zusammengezogen und dehnt sich jetzt auf andere Weise wieder aus, ich habe viel zu viel davon, sie überschwemmt alles, und diesen Sumpf aus Stunden zu durchqueren, bis ich die Stunde erreiche, in der ich zurückfliegen kann, fühlt sich an, als würde ich durch Öl schwimmen. Ich schreibe das alles nicht, um dir ein schlechtes Gewissen zu machen – obwohl das unbewusst vielleicht genau meine Absicht ist, wer weiß? –, sondern um dir zu erklären, warum ich mich stundenlang in den Lesesaal des Harry Ransom Centers zurückziehe, einen fensterlosen, geräuschlosen Raum, der jeden Hall verschluckt und dessen Halbdunkel nur hier und da vom schmalen Lichtkegel einer Leselampe durchbrochen wird, wo jemand stillschweigend über einem Manuskript brütet. Ich habe erkannt, dass das Archiv in diesen Tagen für mich eine Art Isolationstank ist, ein Zufluchtsort, und dass ich es keineswegs eilig habe, die Reportage, diesen Lückenfüller, zu beenden. Bereits beim Betreten des Lesesaals bekam ich Lust, mich in den dreiundvierzig Millionen Dokumenten zu verlieren, die ich mir hier bestellen könnte. Zunächst muss man an einem Schalter alles abgeben und eine Einverständniserklärung unterschreiben, dass man Fotos der Originale anfertigen, aber diese nicht ohne vorherige Genehmigung veröffentlichen darf.

An einem Ende des Saals befindet sich eine Theke, hinter der zwei reichlich merkwürdig aussehende Bibliothekare sitzen: ein Mann mit Stirnglatze und langem Haar, Hosenträgern und einem graumelierten Bart, der ihm bis zur Brust reicht, und eine Frau mit wirrer grauer Mähne und Augen, die hinter den dicken Brillengläsern stecknadelkopfklein wirken. Sie händigen einem die Materialien aus und stellen sicher, dass man sie mit der gebührenden Sorgfalt behandelt, indem man die Seiten einzeln mit einer Pinzette zwischen acetatgetränkten Zwischenblättern herausfischt, achten darauf, dass man keinen Kaugummi kaut, kein anderes Schreibutensil benutzt als die Bleistifte, die sie einem geben, und nur die gelben Notizblätter verwendet, die, wie ich vermute, aufgrund des farblichen Kontrasts verhindern sollen, dass man zwischen ihnen ein Dokument hinausschmuggelt. Beide sagen kein überflüssiges Wort, bewegen sich bei der Ausführung der Bestellungen keinen Zentimeter zu viel oder zu wenig, so lautlos, präzise und gemessen, als praktizierten sie Tai-Chi. Irgendwann nimmt man sie gar nicht mehr wahr, sie verschmelzen mit der Einrichtung. Für sie ist es das oberste Gebot, niemals die konzentrierte Atmosphäre der Forschenden zu stören, die ihrerseits stundenlang in vollkommener Stille Manuskripte, Randnotizen, Streichungen in Druckfahnen oder den Poststempel auf einem Brief studieren. Ein Besuch im Reading Room des HRC würde schon allein dafür lohnen, einmal die Stille eines Raumes zu erleben, der für absolute Konzentration geschaffen wurde, in den man wie in einem U-Boot in die Dinge eintauchen kann, um sich von dieser Stille anstecken zu lassen.

Verblüffend, mit welcher Selbstverständlichkeit mir die streng private Korrespondenz eines Mannes ausgehändigt wurde, eines Nobelpreisträgers, um genau zu sein, der sich wohl nicht hätte träumen lassen, dass seine Briefe jemals von jemand anderem gelesen würden als der Adressatin.

»Guten Tag, was wünschen Sie?«, fragte mich die Bibliothekarin in einer Lautstärke, die so bemessen war, dass man sie anderthalb Meter von meinem Gesicht entfernt schon nicht mehr hörte.

»Die Briefe Faulkners an seine Geliebte. Laut Ihrer Webseite befinden sie sich im Container 11 des Faulkner-Archivs.«

»Sehr schön. Er wird Ihnen gleich gebracht.«

Offen gestanden, kann ich nicht behaupten, ein großer Faulkner-Kenner zu sein, auch wenn ich mich mal an ihm versucht habe. Das war zu der Zeit, als ich mich noch bemühte, den Kanon an Büchern durchzuackern, die man als gebildeter Mensch angeblich gelesen haben muss, bevor ich erkannte, dass man jedes bildungsbürgerliche Abendessen in Madrid mühelos übersteht, ohne sich zu blamieren, wenn man weiß, dass James Joyce Ire war; man muss sich nicht durch den *Ulysses* gequält haben. Aber auch ohne, dass ich viel von Faulkner gelesen hätte, ist dieser Mann mir außerordentlich sympathisch. Ich mag seinen Schnurrbart, seine Pfeife, sein ganzes Erscheinungsbild, das an einen Farmer aus Mississippi erinnert. Wenn ich ihn ansehe, denke ich, dass ich gerne mit ihm einen trinken gehen würde und ihm sogar bedenkenlos meine Kinder anvertrauen würde (die beiden Kriterien, nach denen ich fremde Menschen beurteile). Zu Hause haben wir alle seine Bücher, er ist der Lieblingsautor von Paula, die sehr wohl den gesamten Kanon westlicher Literatur gelesen hat (offenbar gelingt es mir doch nicht, das Leben, in das ich zurückkehren werde, völlig aus diesem Brief herauszuhalten, du musst verzeihen, aber ich bin mir auch nicht sicher, ob ich diesen Brief nicht eigentlich an mich selbst schreibe).

Das einzige Buch von Faulkner, das ich ganz gelesen habe, ist *Wilde Palmen,* und das auch nur, weil es ein Geschenk von Paula in den Anfangszeiten unserer Liebe war. Natürlich verschlingst du ein Buch, das dir deine Liebste schenkt, wenn ihr frisch verliebt seid. Du glaubst, darin eine persönliche Botschaft zu finden, die sie dir durch die Worte eines anderen zukommen lassen will. *Wenn ich die Wahl habe zwischen dem Nichts und dem Schmerz, dann wähle ich den Schmerz,* sagt Faulkners Held am Ende des Romans nach einer wüsten Affäre mit einer verheirateten Frau, die so böse endet, wie eine Liebesgeschichte nur enden kann (das war ein Spoiler, ich hoffe, du hasst mich nicht dafür). Damals habe ich nicht genau verstanden, was Paula mir damit wohl sagen wollte. Kurioserweise glaube ich es jetzt, nach Lektüre aller dieser Briefe – vor allem des einen, den ich mir als Pointe bis zum Schluss aufheben werde –, endlich verstanden zu haben.

In meinem Büro habe ich einen gerahmten Druck von Faulkners Dankesrede anlässlich der

Nobelpreisverleihung, ein Geschenk von Paula, als ich bei der Zeitung anfing. Er war wohl als eine Art Credo gedacht, das mich immer daran erinnern sollte, über welche Dinge zu schreiben es sich lohnt – genau die nämlich, über die sie nie geschrieben hat, und ich schon gar nicht. Vielleicht liegt die Rede deshalb in irgendeiner Schublade: Es war mir zu peinlich, sie in der Redaktion aufzuhängen, ich wäre mir vorgekommen wie ein Idiot. Ich hasse es, wenn Leute kluge Zitate einrahmen und aufhängen, erst recht, wenn diese von Autoren stammen, die sie nicht gelesen haben.

Als ich auf der Webseite des HRC las, dass sich hier ein Teil der Faulkner-Sammlung befindet, überlegte ich kurz, Paula eine nette Nachricht mit einem Foto eines seiner Original-Manuskripte zu schicken. Dann sah ich, dass es unter den zahlreichen Papieren einen Ordner mit den Briefen Faulkners an seine Geliebte gab, eine gewisse Meta Carpenter. Ich weiß nicht, ob Paula mir ein Abenteuer verzeihen könnte, aber ich bin mir sicher, dass sie für Faulkner, den sie viel mehr bewundert als mich, ein gewisses Verständnis aufbrächte. Dass sie ihn nicht verurteilen, sondern eher sogar verteidigen würde. Plötzlich packte mich die heftige, fast ein wenig unanständige Neugier, herauszufinden, wie wohl die

Affäre eines so überragenden Schriftstellers aussehen mochte, jenes Mannes, der einen großen Teil meiner häuslichen Bibliothek einnimmt und das erste Buch geschrieben hat, das meine Frau mir geschenkt hat. Verschämt schlug ich den Ordner auf wie jemand, der verstohlen das Intimleben eines Fremden erkundet.

Der erste Brief ist im April 1936 abgestempelt. Der Briefkopf zeigt in grüner Farbe den Schriftzug: *Beverly Hills Hotel and Bungalows*, dazu mittig das Bild eines weiß getünchten Hauses im Kolonialstil zwischen kahlen Hügeln und ein paar Palmen. Der handschriftliche Text bildet einen schmalen, vollkommen rechteckigen Block, der wie eine makellose, solide Säule auf dem weißen Blatt steht. Es gibt keine Streichungen. Alle Zeilen haben genau die

BEVERLY HILLS
HOTEL AND BUNGALOWS
BEVERLY HILLS
CALIFORNIA

8:00

I am all night again, and I want to see you. Can I? You are badly in my blood and bones and life, my dearest dear. You cant help that now. and I dont think I would if I could. Only you are going to have to tell me if I will be of harm to you. I have finished the script. and I think I shall go back home soon. I dont intend to until I see you again though. Will you call me and say when?

10:30 Now that I talked to you, I had to write something else in here. Mela. Mela. beloved. precious sweet. beloved beloved. I want to say goodnight to you, but I want to put the words into your hands and into your heart both. And I am to see you tomorrow: Tomorrow: tomorrow:

gleiche Breite, jede stützt sich in exakt dem gleichen Abstand auf die vorhergehende. Auch die Buchstaben ragen empor wie Säulen, die Ts, Fs, Ds und Gs sind ununterscheidbare spitze Drähte. In ihrer Gesamtheit wirkt der Text wie Mauerwerk, ein schlanker Turm aus Backsteinen vor einem weißen Himmel. Der Brief hat etwas Architektonisches, so als hätte Faulkner seine Gedanken eher erbaut als aufgeschrieben. Du als Architektin würdest mir zustimmen.

Hier folgt die Abschrift des Originaltextes:

8:00

I am all night again, and I want to see you. Can I? You are badly in my blood and bones and life, my dearest dear. You can't help that now, and I don't think I would if I could. Only you are going to have to kill me if I will be of harm to you. I have finished the script. And I think I shall go back home soon. I don't intend to until I see you again though. Will you call me and say when?

Ich bin wieder ganz Nacht, und ich will dich sehen. Kann ich? Du sitzt mir ganz schlimm im Blut, in den Knochen, in meinem Leben, liebste Liebste. Daran kannst du jetzt nichts mehr ändern, und ich glaube nicht, dass ich es täte, selbst wenn ich es könnte. Nur dass du mich wirst töten müssen, wenn ich dir weh tue. Ich habe das Skript fertig. Und ich denke, ich werde bald wieder nach Hause fahren. Aber nicht, bevor ich dich wiedergesehen habe. Wirst du mich anrufen und mir sagen, wann?

10:30

Now that I have talked to you, I had to write something else in here. Meta. Meta, beloved. Precious sweet, beloved beloved. I want to say goodnight to you, but I want to put the words into your hand and into your heart both. And I am to see you tomorrow, tomorrow, tomorrow.

Jetzt, nachdem ich mit dir gesprochen habe, muss ich hier noch etwas schreiben. Meta. Meta, Liebste. Kostbare, süße geliebte Geliebte. Ich möchte dir Gute Nacht sagen, und gleichzeitig möchte die Worte in deine Hand und dein Herz legen. Und ich sehe dich morgen, morgen, morgen.

Es ist ein zweistöckiger Textturm aus zwei gleich großen Blöcken, jeweils überschrieben mit der Uhrzeit, zu der sie verfasst wurden. Der erste Block gleich nach Sonnenuntergang an einem Aprilnachmittag. Mein Blick fällt wieder auf den Briefkopf, und ich stelle mir vor, wie Faulkner an einem der Fenster des weiß gekalkten Hotels steht und in die Abenddämmerung hinausblickt, wie in der Dunkelheit sein Verlangen auflodert, wie er ihm zusieht, wie es wächst, auf es lauscht, es mit Sprache füttert. Er vertraut seinen Wunsch, sie zu sehen, dem Papier an, so als könnte sie es in dem Augenblick hören, in dem er es schreibt, *You are badly in my blood and bones and life*, er fragt, ob sie ihn anrufen wird, *Will you call me and say when?*

Zweieinhalb Stunden später – inzwischen ist es Nacht – erzählt er, dass er gerade mit ihr telefoniert hat und das Gefühl hat, mehr schreiben zu müssen. *Meta. Meta, beloved. Precious sweet, beloved beloved. I want to say goodnight to you, but I want to put the words into your hand and into your heart both* und verabschiedet sich voller Vorfreude auf das Wiedersehen am darauffolgenden Tag, wobei er in seinem Ungestüm das Adverb drei Mal wiederholt, in diesen vereinfachten Buchstaben, bei denen er in seiner Ungeduld alle Querstriche weglässt.

tomorrow, tomorrow, tomorrow

In gewisser Weise ist dieser Brief wie eine moderne Textnachricht, eher noch wie zwei getrennte Nachrichten. Wie bei einer digitalen Nachricht wird die Uhrzeit angezeigt, zu der sie verfasst wurde. Beeindruckend: Der Typ schreibt WhatsApps, und das knapp hundert Jahre vor ihrer Erfindung! Offensichtlich hatten wir Menschen schon vor dem Handy-Zeitalter dieses dringende Bedürfnis, unser Verlangen unmittelbar mitzuteilen, es poetisch in Bilder und Worte zu fassen und in jedem Augenblick dabei zuzusehen, wie es wächst.

In seiner Nachricht von acht Uhr fragt Faulkner voller Ungeduld, wann er sie wiedersehen kann, und in der nächsten von halb elf kennt er die Antwort bereits. Es scheint fast, als ob Meta die erste Nachricht auf telepathische Weise erhalten und ihn gleich darauf angerufen hätte. *Ich sehe dich morgen, morgen, morgen.* Drei Mal schreibt er das Wort, und ich verstehe nur allzu gut sein Bedürfnis, diesem Wort ein Echo zu verleihen, es zu wiederholen, um es wiederzusehen, wiederzuhören. Dieses Wort ist aufgeladen mit Verheißungen, es glüht vor Verlangen. Ich glaube, wir beide wissen, was für ein Morgen dieses Morgen ist, das jemand drei Mal hintereinander schreibt und das wie ein Mantra im Kopf widerhallt.

Das letzte Morgen, an dem ich dich wiedersehen würde, erschien mir so unwirklich, dass nicht einmal eine dreimalige Wiederholung es realer gemacht hätte. Ich hatte vergessen, wie sich diese extreme Erregung am Vorabend anfühlt, die man als Kind noch ständig verspürt: am Abend vor Weihnachten, vor dem Geburtstag, am Tag vor dem Ferienbeginn oder vor dem Ausflug in den Vergnügungspark. Doch irgendwann ist es vorbei, und die schwindelerregende Vorfreude auf das Morgen lässt nach. Und ja, es existiert immer noch, dieses heiß ersehnte Morgen voller Hoffnungen und Glücksversprechen – aber wie oft ist es im Laufe der Jahre noch dreifach, wie oft kreist es in deinem Bewusstsein in einer Endlosschleife, die nur aus dem Wort »morgen« besteht, wie oft erwartet dich ein Morgen, das dich das Wort ständig wiederholen, anrufen und beschwören lässt, morgen, morgen, morgen, das du es drei Mal schreiben musst, weil zweimal zu wenig wäre, um die Kraft dieses Morgen zu vermitteln, dessen große Verheißung so schlicht wie überwältigend ist: Du wirst sie wiedersehen, du wirst sie wieder berühren. Es gibt kein besseres Morgen als dieses.

Aber fraglos sind diese Morgen schnell verbraucht, ihre Anzahl ist begrenzt, und mit der

Zeit verlieren die nachfolgenden Morgen ihre verheißungsvolle Kraft, sie sind nicht länger dreifach, dann nicht mehr zweifach, gleichen einander aufs Haar, bis man am Ende vergessen hat, wie es war, aufgeregt wie ein junger Hund auf den nächsten Tag zu warten, an dem man den Menschen wiedersehen würde, um dessentwillen man unablässig vor sich hin sagte: morgen, morgen, morgen.

Jetzt, da ich diesen Brief in den Händen halte, wird mir bewusst, dass es diese Tage voller Vorfreude auch mit Paula gab. Ich habe sie vor so langer Zeit aufgebraucht, dass ich vergessen habe, wie es war, mich beim Zubettgehen zu fragen, wie die Verheißung des nächsten Tages wohl aussehen würde: welche Kleidung sie tragen würde, welchen Schal, ob ihr Haar zerzaust wäre, welche Röte auf ihren Wangen liegen würde, welcher Himmel in ihren Augen, welche Freude in ihrer Stimme, mit welchen Worten sie mich empfangen würde.

Unser Arrangement war gut, Camila, es gab nur einen Tag der Vorfreude auf ein Wiedersehen im Jahr, unser »morgen, morgen, morgen« hätte lange gebraucht, um sich abzunutzen. Jetzt sind wir dieser Tage beraubt, oder zumindest ich bin es, und ich fühle mich, als hätte man mich dazu gebracht, wieder an den Weihnachtsmann zu glauben, nur um dann Weihnachten abzusagen. Ich vermute, dass mir zumindest die Erinnerung an die Vorfreude bleibt, die du in mir geweckt hast – ein schwacher Trost –, und die Erinnerung an jene längst vergangene Vorfreude, deren Verschwinden das Leben zur Folge hatte, das ich jetzt mit Paula teile und das mir gerade wie ein riesiger überladener Frachter vorkommt, dessen Kurs und Geschwindigkeit so schwer zu ändern sind. Mehr bleibt mir nicht.

Beim nochmaligen Durchlesen dieses fremden, fernen, höchst privaten Briefes überkommt mich das Gefühl, als wäre er eigens geschrieben worden, damit ich ihn dir schicke. Gefangen in der unauslöschlichen Gegenwart eines Spätnachmittags im April 1936, lebt Bills (wie er die meisten der Briefe unterzeichnet hat) Verlangen fort, mit der geliebten Frau zusammen zu sein, in ihm bekommt dieses Verlangen eine Stimme und eine Form, es wird zu Sprache, um sie zu erreichen. Jetzt entstaube ich dieses Verlangen, damit es mir als Spiegel dient und mir die erste Nacht zeigt, in der ich dir eine solche überschwängliche Nachricht hätte schreiben können, die mit dem Satz geendet hätte: *Und ich sehe dich morgen, morgen, morgen.* Ich bringe dich zurück an diesen Tag, dem zweiten nach unserer ersten Begegnung. Du kannst dir nicht vorstellen, wie oft ich im Geiste die verschlungene Linie der Ereignisse durchgegangen bin, ohne die das Wort »morgen« niemals von einem einfachen zeitlichen Adverb zum verheißungsvollen Glockengeläut der Nacht geworden wäre. Folgendes musste passieren:

- Der Kongress für digitalen Journalismus fand zur selben Zeit und am selben Ort statt wie dein Architekturseminar.
- Wir saßen im selben Flieger von Dallas nach Austin, du warst auf dem Platz vor mir und hattest es nach der Landung so eilig, als Erste auszusteigen, dass du das Gepäckfach aufgerissen hast und mir dein Koffer auf den Kopf fiel. Du hast dich mehrfach auf Englisch entschuldigt, ich habe gelächelt und gesagt: *Don't worry, I'll survive.*
- Wir waren beide im Hotel der Universität untergebracht.
- Keiner von uns schlief besonders gut, sodass wir schon um sieben Uhr morgens zum Frühstück hinuntergingen.
- Wir wurden an benachbarte Tische gesetzt und waren um diese Uhrzeit die einzigen Gäste. Du hast mich erkannt, dich nochmals auf Englisch entschuldigt und gefragt, ob es mir gut gehe, und ich habe gesagt, es sei doch nichts passiert,

während ich herauszufinden versuchte, was du für einen Akzent hattest: Brasilianerin, Inderin, Italienerin ...

- Als du dann mit deinem Mann telefoniert hast, habe ich deinen mexikanischen Akzent erkannt. Ich habe gehört, wie du gefragt hast, ob die Kinder gut geschlafen und ordentlich gefrühstückt hätten, und bemerkt, dass du beim Abschied sehr kühl warst.
- Zum Frühstück wurden *breakfast tacos* serviert, und ich betrachtete sie mit der Vorfreude, mit der man etwas Heißes, Dampfendes mit Eiern und geschmolzenem Käse eben betrachtet.
- Ich fragte dich nach deinem Urteil über die Tacos in Austin, und so entspann sich das folgende, alles entscheidende Gespräch (das mehr oder weniger so ablief, entschuldige, wenn ich die typisch mexikanischen Ausdrücke weglasse, die du benutzt hast):

»Als Mexikanerin kann ich Ihnen versichern, dass das hier keine Tacos sind.«

»Und wie würde ein Taco aussehen?«

»Zuallererst ist das hier kein Taco, sondern ein wulstiger Wrap, er ist zylinderförmig und kein zusammengefaltetes Oval. Die Tortilla ist industriell hergestellt, nicht fluffig und nicht fest genug, sondern wie Gummi. Außerdem ist sie viel zu sehr gefüllt, da quillt ja alles heraus, wie bei allem, was die Gringos tun: *More is more* und *size matters*. Und in diesem Taco ist keine Soße drin, sondern man bekommt drei Tütchen mit Soße zur Auswahl dazu. Ein echter Taco aber ist eine perfekte Einheit aus Tortilla, Soße und Füllung ... Diese Leute nennen es Taco, aber eigentlich ist es nur eine schlechte Kopie, eine kulturelle Aneignung.«

»Sie sollten wissen, dass Sie soeben gnadenlos meine gesamte Vorfreude zerstört haben.«

»Ich habe nicht gesagt, dass das Ding schlecht ist, es ist nur kein Taco.«

»Sie haben mir gesagt, dass ich drauf und dran bin, mir eine kulturelle Aneignung einzuverleiben, das klingt nicht besonders verlockend.«

Meine Worte brachten dich zum Lachen. Zum ersten Mal sah ich, wie dein Lachen deinen ganzen Körper schüttelte, sah, wie deine vollkommenen Brüste sich unter deiner schwarzen Bluse bewegten, und die Sommersprossen, die sie bedeckten, über dem obersten Knopf hervorlugten, und ich dachte, dass ich dich gerne wieder so lachen sehen wollte und noch einmal versuchen musste, dich dazu zu bringen. Ich zog die Broschüre hervor, die uns die

Veranstalter bei der Ankunft in die Hand gedrückt hatten, *What to do and see in Austin*, und zeigte sie dir: »Jetzt haben Sie erreicht, dass ich dieser Broschüre nicht mehr traue, da heißt es, *start your day with the famous Austin breakfast tacos, whatever you do, don't miss the world famous Texas BBQ.*«

»Ist Ihnen aufgefallen, dass da zweimal *famous* steht? So sind sie, die Texaner, alles, was sie tun, ist für sie *world famous* und *historical.*«

»Täusche ich mich, oder höre ich da gewisse mexikanische Ressentiments gegen Texas heraus?«

»Nein. Oder vielleicht doch: Das alles hier hat mal uns gehört, und sie haben es uns gestohlen.«

»Ich als Spanier könnte das Gleiche sagen, aber ich will kein Zartgefühl beleidigen ...«

»Ja, besser, wir fangen erst gar nicht davon an.«

»Oh, sehen Sie nur, hier kommt etwas Gutes: *Learn to dance country music: free dancing lessons every evening in a real cowboy saloon.* Das ist ja nun wirklich authentisch und *world famous.* Das muss man machen. Sehen Sie sich nur das Foto an.«

Man sah Dutzende Paare in Cowboyhüten und Stiefeln eng umschlungen tanzen.

»Klingt großartig.«

Das war der Moment, in dem mich der Schwindel packte, der Moment, an dem sich wie ein schmaler Spalt die Möglichkeit auftat, dass etwas geschehen könnte. Kürzlich habe ich in einem Essay von Handke gelesen, dass die alten Griechen Augenblicke wie diesen *kairós* nannten: den günstigen Moment, den Moment zum Handeln. Kairós war der Gott der Zeit, aber der qualitativen Zeit, jenes Augenblicks, in dem sich alles für immer ändern kann, nicht der Gott der linearen Zeit, der toten Momente, der Routine, der Gott, der die Uhr, die Tage und Stunden erschuf – das war Kronos, ein kastrierter Gott. Ich hatte keine Zeit, darüber nachzudenken, und weiß heute noch nicht, woher ich den Mut nahm. Ich war selbst überrascht, beinahe fassungslos, als mir ein »Gehen wir zusammen hin?« entschlüpfte.

Die Zeit, in der du nach einer anderen Antwort suchtest als der, die ich in deinem mühsam unterdrückten Lächeln sah, erschien mir endlos, und so kam ich dir zuvor: »Ich habe ab sieben frei und gehe auf jeden Fall hin, zur Not auch allein. Außerdem werde ich mir unterwegs einen Cowboyhut kaufen. Also um sieben hier?«

Du sagtest, du wüsstest es noch nicht, ja, das klänge gut, aber es hinge davon ab, was nach deinem Seminar wäre, vielleicht würdest du noch mit den Kollegen essen gehen. Aber das war nichts weiter als eine elegante Ausrede, du wusstest schon, dass du mitkommen würdest. Ich war mir noch nicht sicher, aber die Erwartung hatte in meiner Vorstellung schon Form angenommen, ich wusste, dass ich um Viertel vor sieben an dieser Stelle auf dich warten würde, und bevor ich etwas sagen konnte, was dich vielleicht dazu bewogen hätte, es dir noch einmal zu überlegen, sah ich auf die Uhr in meinem Handy, stellte mich überrascht, sprang auf, als hätte ich es eilig, und tat so, als würde ich eine Nummer tippen. »Bitte entschuldigen Sie, ich habe gleich einen *call* ... Wie gesagt: Wenn Sie Lust haben, Country zu lernen, sehen wir uns um sieben hier.« Dann verabschiedete ich mich und floh, das Handy ans Ohr gepresst, bevor ich alles ruinieren konnte.

Ich besuchte drei Vorträge über digitalen Journalismuskram, ohne ein Wort von dem mitzubekommen, was geredet wurde. Ich konnte nicht zuhören, mein ganzes Denken war in einer einzigen Pendelbewegung gefangen, *sie kommt, sie kommt nicht ...* Ich saß in einer Ecke und sah mir die Liste der Lokale an, in denen man Country tanzen konnte, dann suchte ich auf Instagram nach Fotos der Besucher jedes einzelnen dieser Lokale, um das vielversprechendste zu finden, das die passenden Ge-

gebenheiten für alle möglichen Ausklänge dieses Abends aufwies. Es musste etwas in der Nähe sein, wo man hinterher etwas Richtiges oder auch nur eine Kleinigkeit essen konnte, etwas, wo man einen gut gemixten Drink bekam, etwas, wo man hinterher einen nächtlichen Spaziergang machen konnte, etwas, wo man sitzen und sich in Ruhe unterhalten konnte, etwas, wo auch andere Musik gespielt wurde für den Fall, dass der Country in uns einen Tanzhunger weckte, der sich mit ihm nicht stillen ließ.

Ich kannte nicht einmal deinen Namen, aber die kurze Begegnung am Morgen hatte genügt, um mich in einen Zustand der Erregung zu versetzen, wie ich sie zuletzt als Jugendlicher verspürt hatte und wie sie bis heute in jeder Zeile dieses alten Faulkner-Briefs mitschwingt. Zwischen dem Frühstück und sieben Uhr abends gab es nichts mehr, was mich hätte interessieren können, weder die Konferenzen und Kolloquien noch meine Arbeit in Madrid oder mein Leben dort, nicht die unzähligen Sorgen, Verpflichtungen und Wünsche, die mir sonst im Kopf herumschwirrten. Alles war wie ausgelöscht bei der Aussicht, mit dir Country zu tanzen, einen Musikstil, den ich bis zu diesem Tag herzlich verabscheut hatte und dem ich mich nun mit Leib und Seele hinzugeben gewillt war.

Nach stundenlanger Suche im Internet beschloss ich, dass ich mit dir ins *White Horse* gehen würde. Dort schien es alles zu geben, was es brauchte, damit die Dinge außer Kontrolle geraten konnten, Gelegenheiten für Worte und Berührungen, Essen und Trinken, Spiel und Tanz: eine Bühne, auf der Livemusik gespielt wurde, kostenlose Tanzstunden, einen Billardtisch, einen Thron, auf dem man sitzen und sich die Schuhe putzen lassen konnte, Ecken, in denen Cowboys mit Tattoos am Hals und grüngefärbten Haaren herumstanden, sowie einen ungepflasterten Innenhof mit langen Tischen und einem Food-Truck, an dem fettiges Essen verkauft wurde. Kurz: ein Ort, an den ich zur Not auch alleine gegangen wäre.

Um vier schwänzte ich ein Treffen mit verschiedenen Journalisten und trank stattdessen in der einsamsten Bar, die ich finden konnte, ein Bier. Ich fragte mich, was mit mir los war. In welchem Moment war das Verlangen in mir erwacht und hatte sich meines Mundes bemächtigt, sodass ich dir diesen gewagten Vorschlag gemacht hatte, das Verlangen, das schlagartig alle meine ursprünglichen Reisepläne über den Haufen warf und mich mein Interesse an berühmten Kollegen und den neuesten Entwicklungen im digitalen Journalismus vergessen ließ? Ich wusste nicht, ob es passiert war, als ich dich allein am Frühstückstisch sitzen sah, wie du so kühl mit deinem Mann sprachst und lustlos die Essenspläne für die Kinder durchgingst, oder später, als mir plötzlich die Umrisse deines Körpers zu Bewusstsein kamen. Vielleicht war es auch bei deiner brillanten Beschreibung dessen, was ein Taco ist und was nicht, als ich erkannte, dass in diesem verführerischen Körper ein intelligenter Geist mit Sinn für Humor wohnte. Vollends erwachte mein Verlangen jedenfalls bei deinem herrlichen Lachen, das deine Bluse verrutschen und mich die Galaxie deiner Sommersprossen erahnen ließ.

Trotzdem blieb (und bleibt) der schreckliche Zweifel, ob dieses Verlangen nicht vielleicht schon vor dir existierte, ob es nicht tief im Schatten meiner Fantasie versteckt lag und nur auf seine Zeit, seine Bühne, sein Objekt der Begierde lauerte, um hervorzubrechen, wie bei so vielen Männern in meinem Alter: Besessen vom Verlangen, gehen sie hinaus, auf der Suche nach etwas, das ihnen für einen Augenblick Befriedigung verheißt. Ein befreundeter Arbeitskollege sagt immer, dass sich seine eheliche Treue strikt auf das Inland beschränkt. Er ist seit Jahren verheiratet, aber kaum, dass er alleine auf Geschäftsreise außerhalb von Spanien ist, schärft sich sein Blick, er nimmt Witterung auf, spitzt die Ohren. Wenn er nach Hause zurückkehrt, ohne ein kleines Abenteuer erlebt zu haben, ist er frustriert. Ein Kuss genügt ihm schon, ihn lockt die Verführung, der Teil, den er am meisten liebt, ist das Erwachen der Begierde, es gehört für ihn zum tieferen Zweck einer jeden Reise. Ein anderer Freund von mir hat seine Untreue automatisiert: Sobald er das Haus verlässt, denkt er nur noch ans Aufreißen, er trinkt oder nimmt Drogen, um ohne Angst, Vorsicht oder Reue alles zu vögeln, was sich bewegt; der Akt der Verführung oder Gespräche interessieren ihn nicht, er will sein Ding einfach irgendwo reinstecken, je schneller, desto besser. Mir scheint es, als würden beide an einer Art Vampirismus leiden, und ich hatte immer Angst davor, mich anzustecken. Deshalb möchte ich gerne glauben, dass du diejenige warst, die mein Verlangen geweckt hat, dass ich es nicht bereits in mir trug wie ein latentes Virus – oder um noch einmal meine Schiffsmetapher zu bemühen: dass es nicht das Rettungsboot war, das ich benutzte, um von dem großen Frachter zu fliehen.

Ich trank mein Bier aus, bevor es auch nur einen halben Grad wärmer werden konnte. Am liebsten hätte ich noch vier oder fünf weitere getrunken, man weiß ja, wie sehr Alkohol hilft, die Zeit zu verkürzen, und die Zeitspanne zwischen halb fünf und sieben erschien mir endlos. Ich stand auf, um noch ein Bier zu bestellen, aber das Verlangen, das bereits das Sprechen für mich übernommen hatte, kam mir zuvor, *Can I have the check, please,* du kannst nicht betrunken zu diesem Date erscheinen, sagte es zu mir, du darfst noch nicht mal nach Alkohol riechen, die Chancen, dass das Ganze so läuft, wie du es dir erhoffst, sind schon gering genug, reduziere sie nicht noch mehr. Eine Stunde lang schlenderte ich ziellos auf dem Campus herum, so langsam wie jemand, der die Zeit totschlagen will, studierte abgeschlossene Fahrräder, Namen auf Briefkästen, jeden einzelnen Vogel im Park, die Aufkleber an den Autos ... und als ich von der ständigen Ablenkung erschöpft war, ging ich zurück ins Hotel und verbrauchte wahrscheinlich die gesamten Wasservorräte von Austin, indem ich fast eine Stunde unter der Dusche stand. Danach war mir schwindelig. Ich föhnte mein Haar sorgfältig trocken; du solltest nicht denken, dass ich extra für unsere Verabredung geduscht hätte. Was dann geschah, weißt du in allen Einzelheiten. Es war zwei, als wir das *White Horse* verließen, und in dieser ersten Nacht hattest du noch genügend Selbstbeherrschung, um mich nicht in dein Zimmer zu lassen, aber die Rückfahrt im Auto war so heiß, dass ich – wie am Ende des Faulkner-Briefes – die ganze Nacht vor mich hin sagte, ich sehe dich morgen, morgen, morgen.

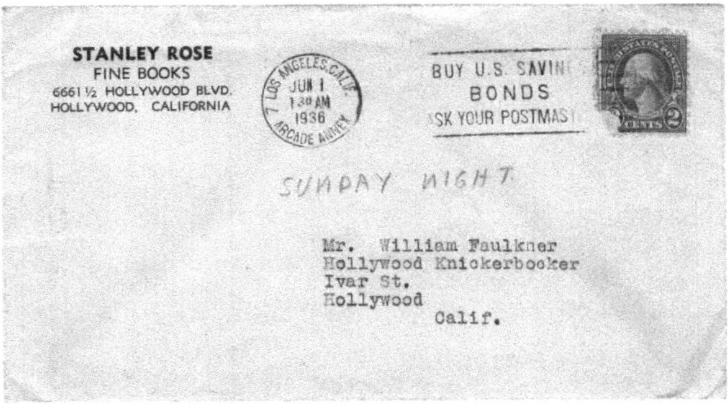

Der zweite Brief im Ordner trägt einen Poststempel von Juni 1936, und es scheint, als hätte Faulkner den Umschlag eines ursprünglich an ihn adressierten Briefes wiederverwendet, denn auf dem Kuvert steht sein Name. SUNDAY NIGHT hat er darübergeschrieben, es ist der Titel dieses Briefes, des einzigen, der länger als eine Seite ist und trotzdem nur zwei Sätze enthält. Ansonsten besteht er aus einem Comic aus zwölf nummerierten Bleistiftzeichnungen, Bilder, die an ein Storyboard für einen minimalistischen Film erinnern, eine Indie Love Story. Mit drei, vier Strichen skizziert Faulkner die Hintergründe, vor denen zwei Figuren, die Meta und Bill darstellen sollen, eine Reihe von höchst lebendigen, bewegten Szenen erleben. Man muss sich die Zeichnungen nur lange genug ansehen, ihre Einzelheiten in sich aufsaugen, und wenn man dann die Augen schließt, kann man sich durch die Folge der Ereignisse eines ruhigen Junisonntags treiben lassen, an dem ein Mann und eine Frau ihr Zusammensein genießen. Ich sage dir, allein dieser Brief ist eine Reise ins Harry Ransom Center wert, man kann vom Leben nicht viel mehr erwarten als einen einzigen solchen Tag, wie er in dem Brief beschrieben wird.

Hier kommt er. Achtung, du darfst ihn nicht weitergeben! (Weder diesen noch die anderen.)

Auf dem ersten Bild sitzt Meta nackt im Bett und streift einen Strumpf über ihr endlos langes Bein, während Faulkner von außen heftig an die Schlafzimmertür klopft, einen Tischtennisschläger in der Hand. Sein Selbstporträt ist am Schnurrbart und an der Pfeife zu erkennen.

Auf dem zweiten Bild sitzen die beiden einander an einem Frühstückstisch gegenüber, auf dem sich auf einem Teller ein gewaltiger Stapel Toasts türmt.

Sunday night.

Since you have just waked up, this won't be good night but good morning. And here's the funny paper all ready for you.

Es folgen zwei Bilder von einem wilden Tischtennismatch, das offenbar damit endet, dass Faulkner unter dem Tisch liegt, dahingestreckt, erschöpft, besiegt. Meta steht ungerührt als Siegerin über ihm.

Dann fährt ein Wagen mit einer rundlichen Karosserie und einem Ersatzreifen hinten auf dem Kofferraum an einem perspektivisch verkürzten Schild mit der Aufschrift SUNSET BLV. vorbei. Im kleinen abgerundeten Rückfenster kann man bei genauem Hinsehen mit einiger Mühe zwei Kreise ausmachen – die Köpfe der beiden. Meta hat ihren Kopf an den von Bill gelehnt; die beiden machen einen Ausflug mit dem Auto.

Auf dem nächsten Bild rennen sie über den Strand. Im Hintergrund sind ein paar Strichmännchen zu erkennen, Leute, die unter Sonnenschirmen sitzen, und Sportler, die vor einem Netz gerade zum Sprung ansetzen, sie spielen Volleyball.

Dann liegen Meta und Bill nebeneinander auf einem riesigen Handtuch auf dem Bauch, die Arme weit ausgestreckt, während über ihnen eine große Sonne ihren Sinkflug antritt.

Auf dem folgenden Bild sieht man, wie Meta sich die Lippen schminkt, im Profil und in Nahaufnahme, so, wie Bill sie sieht, der sie in diesem Moment genau beobachtet. Ihre Lippen sind im Mittelpunkt

7
8
9
10
BACH
11
12
GOOD-NIGHT

des Bildes, um sie zu zeichnen, drückt er den Bleistift fest aufs Papier, damit sie schwärzer erscheinen, und obwohl sie nichts weiter als ein Fleck sind, konzentriert sich in ihnen ein dunkler Schimmer, und ich stelle mir vor, wie Faulkner den Bleistift aufdrückt, bis die Spitze beinahe abbricht, um dem Fleck die Lebendigkeit dieser Lippen zu verleihen, nach denen er sich verzehrt.

Auf dem nächsten Bild liegen die beiden wieder auf dem gleichen Handtuch wie zuvor, aber diesmal auf dem Rücken, während die Sonne schon halb im Meer versunken ist.

Dann ziehen sie mit einem befreundeten Paar los, und die vier sitzen in einer Bar um einen quadratischen Tisch und trinken Bier.

Das letzte Bild ist das einzige, auf dem kein Mensch zu sehen ist. Stattdessen zeigt es die Kleider von Meta und Bill, die über zwei nebeneinanderstehenden Stühlen hängen, Strümpfe, Jacken und Unterwäsche, dazwischen eine Tür, die zu einem Hotelzimmer zu gehören scheint. Das Schild *Do not disturb* hängt daran, und unter der Zeichnung liest man *Good night*.

Über dem Comic steht in ein paar wenigen Zeilen geschrieben: *Sunday Night. Since you have just waked up, this won't be good night, but good morning.*

And here's the morning paper all ready for you. (Sonntag Nacht. Du bist gerade erst aufgewacht, deshalb ist es nicht Gute Nacht, sondern Guten Morgen. Und hier ist auch schon die Morgenzeitung, fix und fertig für dich.)

Ich weiß nicht mehr über die Beziehung zwischen Meta und Bill als das, was sich der Lektüre dieser Briefe entnehmen lässt, aber der Text deutet darauf hin, dass er diese kleine Bildergeschichte zeichnete, während Meta im selben Zimmer schlief, oder vielleicht auch im Zimmer nebenan. Kaum, dass sie die Augen zugemacht hatte, fing er an zu zeichnen; in der Stille, die ihn umgab, bereitete er das vor, was Meta gleich beim Aufwachen als Erstes sehen sollte: *Since you have just waked up, this won't be good night, but good morning.* Er wollte den ersten Gedanken, die erste Erinnerung schaffen, die in Metas Bewusstsein dringen sollte, sobald sie erwachte, noch vor dem ersten Gang zur Toilette, dem ersten Schluck Wasser, mit dem man sich die Kehle freimacht, dem ersten Kaffee am Morgen. *And here's the morning paper.*

Ich bin mir nicht sicher, ob es sich um eine Beschreibung des Vortages handelt – schließlich sind Zeitungen nichts anderes als ein einseitiger Bericht über das, was sich in den letzten vierundzwanzig

Stunden in einer bestimmten Gegend (einer Stadt, einem Land, der Welt) ereignet hat –, oder nicht vielmehr um die hoffnungsvolle Aussicht auf das, was der nächste Tag bringen könnte, das, von dem Bill hofft, dass es passieren wird, sobald Meta erwacht. Aber eigentlich sehen die Szenen aus, als hätten sie bereits stattgefunden, als handele es sich um die Chronik eines vollkommen entspannten Sonntags. Und da der Brief mit *Sunday Night* überschrieben ist, glaube ich nicht, dass es sich um seine Wunschvorstellung vom nächsten Tag handelt, immerhin ein Montag und Arbeitstag. Dieser Comic ist die Chronik eines perfekten Tages, und als ich die Bilder betrachte, fällt mir ein Lied von Lou Reed ein, *Oh, it's such a perfect day, I'm glad I spent it with you.* Im Grunde genommen ist es nichts weiter als ein ganz gewöhnlicher, ruhiger Tag, erfüllt von ganz gewöhnlichen, einfachen Freuden wie denen, die Lou Reed in seinem Lied besingt, der an seinem *perfect day* nichts weiter tut, als mit seiner Liebsten in einem Park eine Sangria zu trinken, im Zoo des Central Park die Tiere zu füttern und dann nach Hause zu gehen.

Bill klopft an Metas Schlafzimmertür, einen Tischtennisschläger in der Hand. Er weckt sie auf, sie frühstücken, spielen Tischtennis, er genießt es, sich von einer Frau, die agiler ist als er, hin und her scheuchen zu lassen, dann fahren sie über den Sunset Boulevard zum Strand und liegen bis nachmittags im feuchten Sand. Sie trinken ein paar Bier, kehren nach Hause (oder in ein Motel) zurück, wo sie ihre Kleider auf einem Stuhl ablegen. Nichts von alledem, was geschieht, ist außergewöhnlich, und trotzdem ist der Tag so vollkommen, dass er eine Reportage verdient, zwei Zeitungsseiten voll mit einem Sonderbericht über diesen perfekten Tag. Die beiden besichtigen nicht das Taj Mahal, essen in keinem Drei-Sterne-Restaurant, haben keine nächtliche Privatführung durch ein Museum, sie werfen kein Ecstasy ein, während sie im *Standard* Sex haben, besuchen kein Live-Konzert der Rolling Stones, sie trinken keinen dreißig Jahren alten Krug und öffnen dazu eine Dose Kaviar, sie werden nicht in Smoking und Abendkleid mit Fackeln im Hause eines abgehalfterten italienischen Prinzen empfangen, sie unternehmen absolut nichts, was sich nicht jeder jederzeit leisten könnte, und dennoch genügt ein einziger Blick auf die kleine Bildergeschichte, um zu wissen, dass es ein perfekter Tag war. *Just a perfect day.*

Wie viele perfekte Tage mag es in meinem Leben gegeben haben? Wie viele Tage könnte ich, wie in diesem Brief, vom ersten bis zum letzten Augenblick, vom Frühstück bis zum Schlafengehen, in nummerierten Vignetten festhalten?

Natürlich haben viele Tage großartige Augenblicke: ein gutes Gespräch beim Abendessen, ein Bad in den Wellen am Nachmittag – aber es sind eben nicht die ganzen Tage, die perfekt sind, sondern nur einzelne Momente inmitten von anderen, an die ich mich nicht erinnere. Und dieser Brief wirft für mich die Frage auf, wie viele meiner Tage tatsächlich vom Aufwachen bis zum Einschlafen denkwürdig waren.

Ich stelle mir diese Frage nicht zum ersten Mal. Es gibt einen kurzen Essay von Handke über den geglückten Tag, den ich bereits erwähnt habe. Ich habe ihn mir gekauft, als Handke den Nobelpreis bekam, weil ich noch nichts von ihm gelesen hatte und dieser Essay das dünnste seiner Bücher war. Trotzdem dachte ich nicht, dass ich ihn jemals lesen würde.

Ich glaubte, er würde kurze Zeit später auf dem stetig wachsenden Bücherstapel auf meinem Nachttisch landen, der mich eines Tages noch erschlagen wird. Aber dann habe ich ihn an einem einzigen Nachmittag verschlungen. Es ist der Essay, in dem von *Kairós* die Rede ist, dem richtigen Augenblick, das Zeitmaß, in dem die alten Griechen Erfüllung suchten. Nach den Griechen, so Handke, kamen die Christen, und die dehnten die Zeitspanne, innerhalb derer der Mensch Erfüllung findet, auf das genaue Gegenteil des Augenblicks aus: Nun galt es, nichts weniger als die Ewigkeit zu erlangen, der Christ trachtete danach, sich nach dem Tod, im Jenseits, in der Ewigkeit zu verwirklichen. Mit der Aufklärung schrumpfte die Zeitspanne dann auf das menschliche Maß eines Lebens zusammen, und dieses Leben sollte ein gutes Leben sein, ein gelungenes, rationales, Kant'sches, gut gelebtes Leben, voll von guten Gewohnheiten, guten Vorsätzen, guten Zwecken und guten Mitteln.

Heutzutage, sagt Handke, trachten wir nur noch nach einem guten Tag, einem einzigen geglückten Tag unter lauter nutzlosen, vergessenswerten Tagen. Mir gefällt Handkes Theorie, ich übernehme sie. Ich hoffe auf nichts mehr, als am Ende einer Woche, eines Monats, einer Jahreszeit oder sogar eines Jahres in irgendeinem Moment einen guten Tag gehabt zu haben oder an irgendeinem Tag einen guten Moment. Das ganze Jahr über investiere ich viel Zeit, Geld und Fantasie in fünfzehn bis zwanzig gute Tage. Sie müssen nicht perfekt sein, aber aufregend, exzessiv und verheißungsvoll.

Dabei denke ich zum Beispiel an einen Opernbesuch in Palermo vor einem Monat, an ein Skiwochenende in Österreich, an einen Kurztrip zu einem berühmten Grillrestaurant im Baskenland. Alles kostspielige, sorgfältig geplante, besondere Unternehmungen. Aber die Gesamtheit der Bilder zu den einzelnen Ereignissen, aus denen sich der Tag zusammensetzt, erreicht nicht die Vollkommenheit wie in Faulkners kleiner Bildergeschichte. Die Oper in Palermo war wundervoll, das Essen davor weit weniger. Paula und ich hatten uns nichts zu sagen, sie war unruhig, weil es bei der Stiftung, für die sie arbeitet, ein Problem gab, das sie von Palermo aus nicht lösen konnte, wir waren uns einig, dass die Nudeln zu wenig Butter hatten und nicht heiß genug waren, der weiße Trüffel, mit dem sie garniert waren, schmeckte viel zu stark durch, und das Ganze war völlig überteuert. Es war nicht perfekt, weil wir etwas völlig anderes erwartet hatten. Der Scheitelpunkt des Tages war somit eine große Enttäuschung – aber die Musik in dem prächtigen Theater brachte den Umschwung. Als wir hinausgingen, waren wir trunken von so viel Schönheit und zutiefst bewegt von dem, was wir gesehen und gehört hatten. Wir gingen in ein Lokal, um etwas zu trinken und eine Kleinigkeit zu essen, und ich wollte mich betrinken, den Kopf verlieren, Unsinn reden, und vor allem wollte ich, dass Paula sich betrank und Unsinn redete. Aber sie sagte nur, das Essen sei ihr nicht bekommen, sie müsse ständig aufstoßen und die Burrata liege ihr im Magen wie ein Wollknäuel. Sie bestellte einen Wein, den sie nicht austrank, sah auf ihr Handy und seufzte. Ich bat sie, es auszuschalten, was sie auch tat. Dann bestellte sie ein Mineralwasser mit Sprudel, wir gingen am Meer entlang zurück zum Hotel, und dort angekommen, schlief sie ein, nachdem sie mir einen Gutenachtkuss gegeben hatte, der mich an die Küsse meiner Kinder erinnerte, wenn ich sie zu Bett bringe. Ich öffnete eine Flasche Champagner und trank sie ganz für mich allein auf der Terrasse unseres Zimmers, lauschte dem Wind in den Wipfeln der Palmen, erhaschte von Zeit zu Zeit den Blütenduft eines Zitronenbaums, der irgendwo in der Dunkelheit des Gartens stand, sah zu, wie das Mondlicht auf dem Wasser schimmerte, und sagte zu mir selbst, alles ist perfekt, endlich habe ich mir meinen beschämend lächerlichen Traum von Sizilien erfüllt, hier sitze ich nun also in einer dieser wortlosen Szenen aus dem Visconti-Film, eine Figur von Lampedusa, die aus der Oper nach Hause kommt und ganz allein von der Terrasse ihres über dem Meer gelegenen Palazzos aus den nächtlichen Golf von Palermo betrachtet, und nachdem ich die halbe Flasche geleert habe, ist der Geruch nach Meer und Zitronenblüten verschwunden, und so sehr ich auch schnuppere, rieche ich nur den Raumduft des Hotels – und da erkannte ich endlich, dass nicht ich hier war, sondern nur eine Kopie, und zwar nicht etwa die Kopie der Romanfigur oder des Schauspielers, der sie im Film verkörpert, sondern die vom Plakat im Reisebüro, ein Tourist, der darauf besteht, zu bekommen, wofür er bezahlt hat, und dann feststellt, dass er nichts weiter kaufen kann als einen Blick auf die Szenerie, aber dass er niemals ein Teil von ihr sein wird. Man steht nicht auf der Bühne, hier wird kein Stück aufgeführt, es passiert gar nichts oder, was noch schlimmer ist: Ich bin in meinem eigenen Stück und Paula in dem ihren, es gibt keine Siege und keine Niederlagen, nur zwei Monologe.

Es gab großartige Momente, aber der perfekte Tag war es nicht. So sehr wir auch darauf gespart und so genau wir ihn auch geplant hatten, waren wir an diesem Tag nicht in der Stimmung, in der Bill an seinem perfekten Tag war, als Meta ihn mit ihren Aufschlägen vor dem Ping-Pong-Tisch hin- und hertrieb, oder Lou Reed an seinem perfekten

Tag, als er im Zoo eine Ziege fütterte, nachdem er im Park gelegen und eine wahrscheinlich ungenießbare Sangria getrunken hatte. Und jetzt, da ich diesen Brief betrachte, zähle ich die Tage mit dir, es sind insgesamt sieben, und ich denke, diese Tage könnte ich zeichnen, denn es waren perfekte Tage, Tage, die nicht nur denkwürdig waren, sondern derer ich gedenke und aus denen man problemlos ein *morning paper* machen könnte, wie Faulkner es getan hat. Was für eine großartige Fingerübung für einen Journalisten, eine Zeitung zu schreiben und zu zeichnen, die zu spät erscheint, die dich vielleicht niemals erreichen wird und voller Neuigkeiten ist, die längst keine mehr sind. Und als Hintergrundmusik zu dieser Reportage könnte das Lied von Héctor Lavoe laufen:

Deine Liebe ist eine Zeitung von gestern
Die niemand mehr lesen will
Sensationell, als sie im Morgengrauen entstand
Im Laufe des Tages waren die Nachrichten allseits bekannt
Und waren am Nachmittag bereits vergessen.
Deine Liebe ist eine Zeitung von gestern.

Für meine Probezeichnung habe ich den dritten Tag unseres Beisammenseins im letzten Jahr gewählt. Ich habe schon immer gerne an die Ränder meiner Notizhefte gekritzelt, aber ich glaube, eine wirkliche Zeichnung habe ich zuletzt in der Schule angefertigt. Ich werde mein Ungeschick mit ein wenig Text wettmachen. Hier kommt sie also, meine Reportage über den perfekten Tag.

1

Ich fürchte, ich hatte kaum mehr als drei Stunden Schlaf, aber als ich aufstand, fühlte ich mich so erfrischt, als wären es acht gewesen. Einmal wachte ich nachts auf, und es erschien mir so unwirklich und unbegreiflich, dich neben mir liegen zu sehen, dass ich nicht wieder einschlafen konnte. Und genau so ging es mir in jeder unserer gemeinsamen Nächte.

Immer betrachtete ich dich mit der gleichen Ungläubigkeit, sie ist noch da, sagte ich mir, und ich bin auch noch da. Ich lauschte auf deinen Atem, hielt deine Hand, strich über dein Haar, und das unglaubliche Glücksgefühl, das mich erfüllte, wich manchmal einem Moment der Panik: Würdest du nach dem Aufwachen noch die gleiche sein wie am Tag zuvor? Dein Gesicht lag im Halbschatten, ich glaubte zu erkennen, dass es ganz gelöst war, aber es war nicht hell genug, um sicher zu sein.

Das Erwachen ist immer die Feuerprobe, wer weiß, welche Bilder dir im Traum erscheinen, dachte ich, welche Sätze dir dein schlechtes Gewissen ins Ohr flüstert oder welche Ängste sich deiner bemächtigen. Aus jahrelanger Erfahrung weiß ich, dass der Mensch, der morgens neben dir erwacht, nicht als derselbe in die Wirklichkeit zurückkehrt, als der er sich an der Pforte des Schlafes von dir verabschiedet hat; die Sorglosigkeit, mit der eine Frau sich, ermattet von der Lust, nackt neben dir ausstreckte und die Arme um dich schlang, ist dahin. Ich versuchte, den Gedanken zu verscheuchen, bevor er sich in meiner Seele festsetzen konnte, sagte mir, es gäbe keinen Grund zur Furcht, schließlich wartete vor dem Fenster schon ein neuer verheißungsvoller Tag, den ich ganz und gar mit dir verbringen würde. Ich versuchte, deinen vom Schatten verhüllten Körper zu erahnen, aber im schwachen Licht, das durch die Jalousien hereindrang, waren nur die Umrisse deiner Brüste zu erkennen. Im warmen Dämmer das Raumes hing der frische Duft deines Körpers, dein Parfüm, mein eigener Geruch. Wie auf einem Bildschirm sah ich in der Dunkelheit alles vor mir, was ich mir von diesem Tag erhoffte. Wie hätte ich da wieder einschlafen können? Ich wollte zusehen, wie dein Körper aus den Schatten auftauchte, wartete auf das erste blassblaue Licht, das der vagen Silhouette auf dem Bett Form verleihen würde, aber noch zu diffus war, um die Farbe deiner Haut und deiner Haare preiszugeben und deine zahllosen Sommersprossen und Leberflecken zu einem großen dunklen Fleck verschwimmen ließ, der nach und nach deine Gestalt annahm. Dann wurde das Licht allmählich orangefarben, verflüssigte sich, ergoss sich über die Zimmerwände und zeichnete scharfe Kontraste zwischen den schwarzen Schatten und den Lichtstrahlen. Dieses orangefarbene Licht strömte über deine Beine, deinen Bauch, deine Brüste, und wie bei einem Hügel im Morgenlicht glühte ihre Sonnenseite wie Feuer, während die Schattenseite von Dunkelheit getränkt war. Auch dein Gesicht lag noch im Schatten, nur dein dunkles Haar schimmerte vom ersten Sonnenstrahl. Ich überlegte, dich so zu fotografieren, diesem Augenblick ein Foto zu rauben, und es fiel mir schwer, dieser unwürdigen Versuchung zu widerstehen; aber schließlich beschloss ich, dich einfach nur anzusehen, bis ich dieses Bild ganz und gar verinnerlicht hatte. Die Minuten vergingen, wurden zu einer halben Stunde oder auch zu einer ganzen, ich weiß es nicht mehr, dann wurde das Licht weiß, und nun erschienen deine Sommersprossen und zuletzt auch dein Gesicht: Deine Augen waren geöffnet, du lächeltest mich an. Guten Morgen, sagtest du leise, gut gelaunt, und noch bevor ich etwas erwidern konnte, hattest du dich schon ungestüm auf mich gestürzt und mich mit Küssen bedeckt, mir so fest in die Lippe gebissen, dass es weh tat und ich fast Angst bekam, und dann lachtest du schallend, ich bin ein gottverdammter Blutsauger, sagtest du, während deine Nägel mir den Rücken zerkratzten. Und schon waren alle meine nächtlichen Sorgen dahin, und ich wusste, dass dies ein perfekter Tag sein könnte.

Dein Hotelzimmer zu verlassen, war nicht einfach. Im Grunde war es mehr als ein Zimmer, es war ein Zufluchtsort für unsere kurze Zeit der Zweisamkeit, ein Platz für Gefühle, an dem wir einander alles gestehen und jedes Verlangen äußern konnten, in dem jede Fantasie möglich und jede Zärtlichkeit erlaubt war, ein vergänglicher Raum. Sobald wir ihn betraten, zogen wir uns nicht nur aus, sondern entblößten uns mehr und mehr, bis wir vollkommen nackt waren: Wir hatten nicht genug damit, dem anderen unsere Haut darzubieten, wir mussten alles zeigen, alles erzählen, öffneten jede Schublade, tasteten uns durch jede Dunkelheit. Dieser Raum unserer Intimität war so zerbrechlich, so verletzlich, dass der neugierige Blick eines geschwätzigen Menschen genügt hätte, um ihn in einen Sündenpfuhl zu verwandeln. Sobald ein fremder Blick die schützende Hülle dieses Raums durchdrang, würden tausend Augen auf uns gerichtet sein und uns so sehen, wie der Blick dieses Fremden behauptete, uns gesehen zu haben, und das Geraune würde einsetzen.

Das Öffnen deiner Zimmertür erfüllte uns mit einer Mischung aus Furcht und Wagemut, und wir taten es so verstohlen und kampfbereit wie ein Ninja. Auf dem Stockwerk wohnte ein Professor aus deinem Seminar, eine traurige Gestalt mit runden Brillengläsern und einem Vollbart ohne Schnurrbart. Du sagtest, er sähe *creepy* aus, wie ein Kinderschänder, und sein Amish-Bart, behauptetest du ungeniert, sei ein untrügliches Anzeichen für perverse Neigungen aller Art. Du hattest ihn auf einer Veranstaltung oder bei einem Abendessen kennengelernt, wo genau, wusstest du nicht mehr, aber er hatte dir versichert, ihr hättet mehrere gemeinsame Bekannte, hatte sämtliche Verbindungen hergestellt und dir auf Instagram eine Freundschaftsanfrage geschickt, hatte sich alle gemeinsamen Kontakte notiert und drängte darauf, nach dem Unterricht mit dir einen trinken zu gehen. Das war das fremde Auge, vor dem du Angst hattest, aber gleichzeitig machtest du dir einen Spaß daraus, dich vor dem Professor zu verstecken, es war ein Spiel für dich. Ich hatte auch einen Grund zur Furcht, und für mich war es kein Spiel: Drei Zimmer weiter, in der 418, lauerte meine Nemesis, die Dicke, mit der ich mir bei der Regionalzeitung, bei der ich angefangen hatte, einen Schreibtisch geteilt hatte und die hinter mir her war. Diese Frau verpasste keinen journalistischen Kram, schon gar nicht den Kongress in Austin, sie lebte für diese Veranstaltungen. Dich faszinierte ihr auffälliges Erscheinungsbild, der Stolz, mit dem sie ihre Fettleibigkeit in enganliegenden, grellbunten Kleidungsstücken zur Schau trug, ihre gewaltigen Ohrringe, hängende Skulpturen, die ihre Ohrläppchen ausleierten wie die einer

Buddha-Statue. Du hattest gleich bemerkt, dass ich ihr aus dem Weg ging, und als ich dir schließlich gestand, woher ich sie kannte, hattest du einen Riesenspaß an dieser Geschichte, ich musste sie dir wieder und wieder erzählen, und du lachtest dich jedes Mal halb tot. Und nachdem du sie kanntest, quältest du mich damit. Sobald ich dich auf offener Straße küssen wollte, riefst du: Achtung, da kommt die Dicke!, und ich bekam Herzrasen und ließ dich sofort los.

Jetzt bist du für immer fort, aber sie werde ich wohl niemals loswerden: Ich habe gedacht, wir würden nie mehr zusammenarbeiten, aber jetzt wurde sie tatsächlich bei meiner Zeitung als Redakteurin für Digitales und neue Technologien eingestellt. Bei der Zeitschrift, bei der sie vorher war, hat sie Fernsehkritiken und die Klatschspalte geschrieben, und bei der Tageszeitung in Santander, wo wir uns im Abstand von zwei Metern gegenübersaßen, hatte sie Gesundheitstipps verfasst, obwohl sie damals schon unglaublich fett war und ein Päckchen Kippen am Tag rauchte. Zu der Zeit gab es noch keine sozialen Netzwerke, sodass die Leser nicht im Internet nach Fotos der Expertin suchen konnten, die ihnen in der Rubrik Vermischtes erklärte, wie man besser lebt und was lebensbedrohlicher ist: Butter oder Margarine. Es hätte genügt, wenn sich ein Foto von ihr verbreitet hätte, wie sie Fertigbackwaren vertilgt, raucht oder eine Cola trinkt, und schon hätte die Zeitung die ganze Rubrik aufgrund mangelnder Glaubwürdigkeit dichtmachen können. Ich habe dir ja erzählt, dass die Frau verrückt nach mir war (mein Gott, bist du eingebildet, war deine Antwort), und ich fürchte, sie ist es immer noch – sie ist die Erste, die alles liked, was ich poste, die Erste, die meine Stories liest, und manchmal kommt es mir vor, als käme ihr Like, noch bevor ich überhaupt etwas gepostet habe.

Aber du wolltest wieder und wieder die Geschichte des Fiaskos hören, das ich mit ihr erlebt hatte, du fandest es unglaublich komisch, dass ich es vor einer Ewigkeit während einer Weihnachtsfeier der Zeitung mit dieser Frau in der Toilette einer Karaokebar getrieben hatte, als ich so blau war, dass ich hinterher das Taxi vollkotzte. Jedes Mal, wenn ich Edith Piafs *Non, je ne regrette rien* höre, fällt mir alles ein, was ich in meinem Leben bereue, und das Erste, was mir in den Sinn kommt, sind meine bruchstückhaften Erinnerungen an diese unwürdige Szene. Seit jenem Tag setzt sie, wann immer wir uns begegnen, ein spöttisches und ziemlich unverschämtes Lächeln auf, in dem ich alles erkenne, was sie nie laut ausgesprochen hat, aber mir mit ihren Blicken zu verstehen gibt: Ich kenne dein Geheimnis, auch wenn du den unnahbaren Beau spielst, auf Instagram deine schöne Frau und deine hübschen Kinder zur Schau stellst und mich kaum grüßt, höchstens mal die Augenbraue hochziehst, wenn du es nicht schaffst, mir aus dem Weg zu gehen. Du folgst mir nicht in den sozialen Netzwerken, obwohl ich alle deine Beiträge kommentiere, du, ausgerechnet du, nachdem du mit mir im Duett ein Lied von Rocío Jurado gesungen, mir den Arm um die Schulter gelegt und mich anschließend auf einem schmutzigen, von Pissoirs umgebenen Toilettensitz gevögelt hast, während draußen Leute an die Tür hämmerten, du hast meinen Bauch geleckt, bist zwischen meinen Titten auf Tauchgang gegangen und hast mit deinen Augenbrauen den Schweiß aufgefangen, der durch meine Brustritze perlte. Jawohl, ich kenne dein Geheimnis. Und du weißt es.

Egal, ob in der U-Bahn, im Fitnessstudio, im Restaurant oder bei einem Sommerspaziergang: Ständig begegnen uns Fremde, mit denen wir uns einen Augenblick lang ein Abenteuer erträumen, bis ihre Gesichtszüge sich wieder verflüchtigen wie ein Traum, wenn man erwacht – aber das einzige

Abenteuer, das man tatsächlich erlebt, ist betrunkener Gelegenheitssex in einer stinkenden Ecke mit jemandem, den man am liebsten nie mehr wiedersehen würde, den ständig wiederzusehen man aber verdammt ist. Und dann werden eines Tages unsere Wunschträume wahr, und wir entfliehen für einen Augenblick unserem eintönigen Dasein, erleben etwas Schönes, Erfüllendes – bis wir entdecken, dass nebenan, in Zimmer 418, die Erinnerung an unsere größte Schande lauert, dieser Blick, der immer und überall auftaucht, um uns zu sagen: Ich kenne dein Geheimnis.

Ich fürchtete nichts mehr, als aus deinem Zimmer zu kommen und ihr zu begegnen, wie sie gerade ihr Zimmer betrat oder verließ, ihr die Genugtuung zu bereiten, ein weiteres meiner Geheimnisse zu entdecken, ihrem unverschämten Lächeln neuen Glanz zu verleihen, mit dem sie das flüchtige Hochziehen meiner Augenbrauen erwiderte. An diesem Morgen bat ich dich, auf den Korridor hinauszuspähen, ob die Luft rein wäre und ich in mein Zimmer zurückkehren könnte, und du sagtest mit gespielt erschrockener Miene, sie ist da draußen, und dann hast du wie verrückt gelacht und mich gebeten, dir das Lied von Rocío Jurado noch einmal vorzusingen.

2

Du hattest ein Joghurt mit Früchten zum Frühstück und sahst mir angewidert dabei zu, wie ich das vertilgte, was die Gringos *breakfast taco* nennen. Deine hartnäckige Weigerung, es als Taco zu bezeichnen, erinnerte mich an die Unerbittlichkeit, mit der Rechtsextreme sich weigern, eine Verbindung zwischen zwei Männern Ehe zu nennen. Aber ich liebe nun mal diese mit Rührei, Käse, Jalapeños, Bohnen und allem möglichen anderen prallvoll gefüllten Wraps. Ich glaube, in keinem Land der Welt isst man besser zu Mittag und zu Abend als in Spanien, aber unser Frühstück besteht in der Regel aus einem Instantcafé und ein paar trockenen Keksen, ein wahres Elend, das man nur übersteht, wenn man sich um elf Uhr vormittags von der Arbeit davonstiehlt, um sich irgendwo ein Sandwich, ein paar Churros oder einen Tortilla-Spieß zu kaufen.

Das Problem, Camila, liegt im Vergleich. Man sollte niemals vergleichen, das sollte man nur tun, wenn man sich für eine Sache entscheiden und aus diesem Grund festlegen muss, welche von zwei Sachen besser ist. Ansonsten verdirbt einem der Vergleich immer den Genuss, die Fähigkeit, Dinge in dem Moment, in dem sie uns begegnen, für das zu schätzen, was sie sind. Ich vermeide es, den *breakfast taco* mit den Tacos zu vergleichen, die ich mehr als einmal in deiner Heimat Mexiko gegessen habe und auf die du immer wieder zu sprechen kamst, wenn ich die texanischen *breakfast tacos* Taco nannte. Denn hätte ich beides miteinander verglichen, dann hätte mir dieses Frühstück, das ich an deiner Seite so sehr genoss, gleich viel weniger geschmeckt. Ich habe an jenem Abend auch nicht die Version von *You Ain't Goin' Nowhere*, mit der sich die Band im *White Horse* abmühte, mit der Live-Version von The Band verglichen, die ich vor fast dreißig Jahren zum ersten Mal gehört hatte, weil ich nicht das eine gegen das andere abwägen und so die Mängel und Unzulänglichkeiten der Coverversion entdecken wollte, zu der ich gerade eng umschlungen mit dir tanzte. Und genauso vermeide ich es, dich mit Paula zu vergleichen, und ich hoffe, dass auch du mich nicht mit deinem Mann vergleichst, der jetzt wahrscheinlich mit dir da draußen herumläuft und dem ich nie begegnen will, damit auch ich mich nicht mit ihm vergleiche.

Das alles hat mich in New York einer deiner Landsleute gelehrt, ein Schriftsteller aus Mexico City, den ich vor langer Zeit einmal interviewt habe und mit dem ich mich gleich gut verstand. Der Typ betrank sich noch während des Interviews, und weil er einen Saufkumpan brauchte, schleppte er mich mit in ein Restaurant im Erdgeschoss des Chelsea Hotels, das es mittlerweile nicht mehr gibt. Das *Don Quixote* wirkte wie eine unfreiwillige Parodie auf alles, was in New York als *typical spanish* galt: Quijotes, Flamencotänzerinnen, Mühlen, Stiere ... Auf der Speisekarte stand eine Paella, die nicht mehr als solche zu erkennen war und von mexikanischen und puertoricanischen Hilfsköchen auf Anweisung von Küchenchefs aus Oklahoma zubereitet worden war, von denen vermutlich keiner jemals in Spanien gewesen war. Ich versuchte, den Schriftsteller zu überreden, irgendwo anders hinzugehen, doch umsonst, dann versuchte ich, zumindest der sogenannten Paella und dem Tintenfisch zu entgehen. Ich wandte ein, für mich würde das sicher alles scheußlich schmecken, und da packte mich der Kerl am Schlafittchen und zwang mich, die halbe Karte dieser »typisch spanischen« Gerichte zu bestellen. Dann erklärte er mir, der größte Fehler, den ich machen könnte, sei es, zu vergleichen. Die Einrichtung dieses Restaurant sei nun mal reine Fiktion, inspiriert von den Klischees eines Spaniens, das nur in glücklichen Träumen existierte, und auch das Essen sei ein Fantasieprodukt, inspiriert von spanischen Gerichten, mit denen es wenig mehr gemeinsam hätte als die Namen und die Tatsache, dass es in Tonschüsseln serviert würde, genau wie Bizets *Carmen* das gesungene Produkt einer Fantasie dessen ist, was Franzosen als spanisch empfinden, *Romeo und Julia* ein geschriebenes Fantasieprodukt Veronas für Engländer und Al Pacinos *Scarface* ein gefilmtes Fantasieprodukt all dessen, was Gringos für kubanisch halten. Und alle diese Dinge sind großartig auf ihre Weise, deshalb genieß gefälligst dieses Fantasieprodukt und vergleich es nicht mit der Paella, die dein Onkel sonntags immer macht. Ich hörte also auf, zu vergleichen, ich aß mit Genuss, und auch wenn das vielleicht in Wirklichkeit nur daran lag, dass mein Alkoholpegel nach weniger als einer Stunde den seinen erreicht hatte, und es mir inzwischen völlig egal war, was ich mir in den Mund schob, wurde es doch ein großartiger Abend.

Vergleiche niemals. Das sage ich mir seit jenem Abend immer wieder, und ich bin zufriedener, wenn es mir gelingt – was nicht immer der Fall ist. Am leichtesten fällt es einem, nicht zu vergleichen, wenn man über die Dinge, die man miteinander vergleichen könnte, verfügt oder sie sogar besitzt: eine Platte von den Rolling Stones und eine von den Faces, eine Triumph und eine Harley, die Herbstsonne und die Frühjahrssonne. Jetzt, da ich verstanden habe, dass ich dich niemals wiedersehen werde, dass ich nicht länger zwei Dinge auf einmal haben kann, erschreckt mich der Gedanke, was ich alles anfangen könnte, zu vergleichen.

3

Bei den staatlichen Fernsehsendern gibt es die sogenannte »Goldene Minute«. Das ist der Moment am Tag, an dem die meisten Zuschauer einschalten, normalerweise der Höhepunkt der beliebtesten Sendung zur Prime Time. Als es noch keine inhaltlichen Plattformen gab, sah ich mir jeden Morgen die Einschaltquoten an und studierte fasziniert, was die goldene Minute des Vortags gewesen war: Mal war es die Seitensprungbeichte eines Stars in einem Promi-Magazin, ein Tor der Nationalmannschaft, das Ausscheiden eines Möchtegern-Sängers aus einer Talentshow, der erste Kuss zwischen einem Jungen und einem Mädchen nach unzähligen Wirrungen in einer Fernsehserie. Manchmal denke ich darüber nach, was die goldene Minute meines Tages, meines Wochenendes, meines Sommers gewesen ist. Und wenn meine Kinder von einem Schulausflug, einer Reise oder irgendeinem anderen erinnerungswürdigen Ereignis ihres Lebens zurückkommen, frage ich sie jedes Mal: Was war eure goldene Minute?

Meist wissen sie es nicht genau oder können sich nicht für einen bestimmten herausragenden Moment entscheiden. Also mache ich es ihnen leichter, schlage ihnen vor, drei oder vier Kandidaten für die goldene Minute auszuwählen. Auf diese Weise erinnern sie sich nach und nach an ihre großen Augenblicke und verwandeln sie in Geschichten. Inzwischen sind sogar sie es, die mich nach jeder Reise, jedem Fest oder jedem Ausflug nach meiner goldenen Minute fragen.

Wenn ich mich selbst befrage, komme ich zu dem Schluss, dass meine goldene Minute wahrscheinlich unsere morgendliche Bootsfahrt über den Lady Bird Lake war. Wir gingen am Ufer entlang, auf der Suche nach einem Boot, das wir uns ausleihen könnten, denn du hattest dir in den Kopf gesetzt, dass Verliebte im Frühling über einen friedlichen See rudern müssen. Diese Bilderbuchszene fehlte dir noch in deinem Album romantischer Erinnerungen. Eine Fahrt im Ruderboot, erklärtest du mir, ist normalerweise hoffnungslos langsam, mühselig und langweilig, aber wenn du sie mit jemandem machst, den du liebst, gibt es nichts Schöneres: Man treibt allein und ungestört gemächlich über das Wasser und lässt sich von den Wellen schaukeln. Was gibt es Besseres für einen Morgen zu zweit? Dir fiel dieses kleine Kinderlied ein, und du hast es mir vorgesungen: *Row, row, row your boat, gently down the stream, merrily, merrily, merrily, merrily, life is but a dream.*

Eigentlich ist das gar kein Kinderlied, sagtest du. Wer würde schon einem Kind beibringen wollen, dass das Leben nur ein Traum ist? Und wir diskutierten, ob das ein guter oder ein schlechter Ratschlag war, und wurden uns nur darin einig, dass es auf jeden Fall das richtige Lied für diesen Morgen war. Als wir beim Bootsverleih ankamen und du zwischen den Kanus und Ruderbooten das Tretboot in Form eines Schwans entdecktest, leuchtete dein Gesicht auf, du musstest lachen, weil es so albern aussah. Ich fasse es nicht!, hast du gerufen, Lohengrins Barke! Hier in Texas!

Du packtest mich am Arm, zogst mich zu dem Boot und erklärtest mir ganz aufgeregt, dass wir in diesem Schwan fahren müssten, ein anderes Boot käme überhaupt nicht in Frage, und noch bevor wir eingestiegen waren, fingst du schon an, mir zu erklären, wofür der Schwan alles steht, dieser Schutzheilige der Rührseligen und der Angeber, dass er sowohl die Monogamie als auch den lüsternen Zeus verkörpere, der sich in einen Schwan verwandelte, um Königin Leda hinter dem Rücken ihres Gatten zu verführen. Und dann erzähltest du mir die Geschichte von Lohengrin. Es verblüffte dich, dass mir die Legende vom Schwanenritter völlig unbekannt war und ich mir nie die unerträgliche Wagneroper hatte anhören wollen. Du erzähltest mir, dass Lohengrin ein Ritter ist, der eines Tages in einem Boot angefahren kommt, das von einem Schwan gezogen wird und haargenau so aussähe wie dieses Tretboot, dass er eine Jungfrau in Not namens Elsa errettet, sich in sie verliebt und bei ihr bleibt, aber nur unter der Bedingung, dass sie ihn niemals nach seinem Namen oder seiner Herkunft fragen darf, und dass wir für die Zeit, die wir mit diesem Tretboot herumfuhren, sie alle sein könnten: Lohengrin, Leda, Zeus und Elsa. Ich war jedes Mal völlig gebannt von deinen detaillierten Ausführungen über alles, was uns begegnete, ganz gleich, ob es klein oder groß war: ein Taco, ein Tretboot, das die Form eines Schwans hatte, ein dicker Mann, der auf einem Segway vorbeifuhr ... Irgendwie gelang es dir immer, meine Fantasie zu wecken und mich etwas bisher Unbekanntes in diesen Dingen sehen zu lassen, und das machte mich glücklich, es machte die Welt größer und weiter für mich, und es machte möglich, dass ich etwas völlig Neues für dich sein konnte und du für mich.

Also mieteten wir das Tretboot und ließen uns ans abgelegene, dicht bewachsene Ufer treiben. Wir fuhren an Hobbyanglern und angestrengten Ruderern vorbei, bis wir hinter einer Flussbiegung im Schatten einiger Bäume, die ihre Äste wie ein Zelt über das Wasser breiteten, ein Versteck fanden. Dort küsste ich dich unter den Blicken einer Dohlengrackel, die uns aus gelben Augen neugierig anstarrte, du nahmst meine Hand und führtest sie verstohlen zwischen deine Beine, und ich konnte sehen, wie sich die Lust auf deinem Gesicht abzeichnete, zögerlich zunächst, wie du versuchtest, dich zu beherrschen, bis dir am Ende die Kontrolle entglitt, du deine Augen schließen und dir leise stöhnend auf die Lippen beißen musstest. Was für ein Anblick! In diesen Tagen gaben wir uns überall und jederzeit und auf jede nur erdenkliche Weise hemmungslos unserer Lust hin, waren ständig *in the mood*, aber nichts war erregender und eindrücklicher als diese bizarre Szene auf dem Plastikschwan, diese texanische Version der Leda im Tretboot, deren Bild mich verfolgt, wenn ich masturbiere, und deren bloße Erinnerung mich dazu bringt, zu masturbieren. Und das wird wohl noch jahrelang so bleiben, weil es in unserem restlichen Leben nicht mehr viele Momente geben wird, die für alle Zeiten Wurzeln in uns schlagen wie ein Baum, an dessen Ästen für immer die Früchte der Lust sprießen.

4

Auf dieser Zeichnung sieht man mich, wie ich mir während des Kongresses für digitalen Journalismus die Zeit damit vertreibe, irgendeinen halbwegs intelligent klingenden Tweet zu verschicken, der mir als Alibi und Beweis für das brennende Interesse dienen soll, mit dem ich nun im zweiten Jahr in Folge an dieser Veranstaltung teilnehme. In Wirklichkeit versuche ich, den überwältigenden Trennungsschmerz zu ertragen, während du dein Seminar über zeitgenössische mexikanische Architektur hältst. Ich überlege, wie unterhaltsam dein Unterricht sicher ist, selbst wenn du nur über Muttern, Schrauben und Baumaterialien redest, denn du bist die geborene Geschichtenerzählerin, und ich kann mir nicht vorstellen, dass du irgendjemanden langweilen könntest. Manchmal bin ich furchtbar eifersüchtig auf deine Schüler, die mir drei Stunden deiner Gesellschaft rauben, ohne zu erkennen, wie kostbar jede einzelne Sekunde mit dir ist. Ich schicke dir kleine erotische Gedichte, obszöne Vierzeiler, in denen ich deine sommersprossigen Brüste besinge, dein herzhaftes Lachen, deinen Geruch, und ankündige, was ich alles mit dir zu tun gedenke, sobald ich dich wiederhabe.

Früher wollte ich einmal Dichter werden. Es fehlte mir an Mut, Hingabe und vermutlich auch an Talent – wenn Talent denn etwas anderes sein sollte als eine Mischung aus Mut und Hingabe. Ich wusste seit meiner Jugend, dass ich einigermaßen begabt im Verfassen von Texten war und dass unter den Schreibkünstlern die Dichter dem Himmel am nächsten sind – doch meistens besteht dieser Himmel, dem die Dichter so nah sind, nur aus Luft, und ich wollte schicke Motorräder und Kinder haben, wollte ausgehen und reisen, ohne mich von meiner Frau aushalten lassen zu müssen. Offenbar waren mir diese Dinge wichtiger als die Dichtkunst, deshalb bin ich heute Journalist und stehe damit auf der niedersten und überflüssigsten Stufe derer, die wie ich vom Schreiben leben. Inzwischen ist es so weit, dass ich nicht genug verdiene, um regelmäßig auszugehen oder große Reisen zu machen, und mich immer öfter von meiner Frau aushalten lassen muss – und dabei bleibt mir als Trost nicht einmal die selbstgefällige, nutzlose Befriedigung, dass das, was ich schreibe, Bestand haben wird. Wahrscheinlich habe ich meine Chance auf ein neues Leben vertan, als ich all diese heißen Gedichte löschte, die ich dir schrieb, während ich ungeduldig darauf wartete, dass dein Unterricht endlich zu Ende war und wir wieder zusammen sein konnten: Ich hätte ein Buch daraus machen sollen. Die Verse flogen mir fast von allein zu, und ich erlegte mir keinerlei Zurückhaltung auf, weil die schmutzigsten dich am meisten amüsierten, alles Unanständige brachte dich zum Lachen, du wolltest mehr und schlimmere Gedichte von mir hören, je verdorbener, desto besser. Sobald wir uns wiedersahen, batest du mich, sie dir vorzulesen, weil sie, wie du sagtest, erst durch meinen feierlichen kastilischen Akzent richtig zur Geltung kamen, und nachdem ich sie drei, vier Mal aufgesagt hatte, löschtest du sie von deinem Handy und batest mich, das Gleiche zu tun. Besser, sie sind weg, sagtest du, diese Verse erschienen dir ein weit größeres Vergehen als der Seitensprung an sich, weil sich aus ihnen ablesen ließ, wie gut ich jeden Zentimeter deines Körpers kannte und wie grenzenlos deine Lust war. Das Schlimmste an ihnen aber war, dass sie einem Sinn für Humor entsprangen, den nur wir beide miteinander teilten und der wie alle intimen Scherze dem tiefen Bündnis von zwei Seelenverwandten erwachsen war.

Ich schickte dir also meine Gedichte eins nach dem anderen, so wie jemand, der nach und nach Holzscheite für ein Freudenfeuer zusammenträgt, und sie sammelten sich ungelesen auf deinem Handy, während ich auf die zwei blauen Häkchen wartete, die bestätigten, dass du sie alle gesehen hattest, denn das hieß, dass dein Handy wieder eingeschaltet und dein Seminar vorbei war. Ich konnte deine Reaktion kaum erwarten, aber es dauerte eine ganze Weile, bis du alles gelesen hattest, und dann kam manchmal ein ellenlanges *Hahahahahahahahaha* zurück, gefolgt von ganzen Zeilen voller Emojis, Lachsmileys, Smileys mit geröteten Wangen, eine

Frau, die sich die Hände vors Gesicht schlägt, und darunter stand *Komm sofort und lies sie mir vor.*

Dieses Mal hatte ich dir ein Buch mitbringen wollen, ich hatte es sogar schon gekauft, aber als deine Abschiedsnachricht kam, stellte ich es zu Hause ins Bücherregal. Es war eine Empfehlung des Buchhändlers meines Vertrauens, ich hatte ihn um ein Buch mit erotischen Gedichten gebeten. Er gab mir einen Gedichtband, den ein gewisser Bilhana offenbar vor mehreren hundert Jahren auf Sanskrit verfasste. Der Legende nach kam er aus Kaschmir an den mittelalterlichen Hof eines Maharadschas, um dessen einzige Tochter zu unterrichten. Er sollte ihr alle theoretischen Kenntnisse vermitteln, die eine Prinzessin brauchte, und dazu gehörte auch die Liebeskunst, die damals als bedeutende Wissenschaft galt. Bereits nach kurzer Zeit ging Bilhana von der Theorie zur Praxis über, und beide gaben sich ganz und gar der Fleischeslust hin. Dabei wurden sie von den Spionen des Hofes überrascht, und der Maharadscha, der keinen Spaß verstand, wenn es um seine Tochter ging, verurteilte Bilhana zum Tode durch öffentliche Pfählung. Zum Schafott führten fünfzig Stufen hinauf, und auf jeder Stufe hielt Bilhana inne und rezitierte aus dem Gedächtnis eines seiner Gedichte. Die Verse waren wild und schamlos erotisch, und doch zugleich elegant und geschmackvoll. In wunderschönen Bildern beschrieben sie den Körper der Geliebten in Erwartung des Liebesakts, im Augenblick der Hingabe und in der Ruhe danach. Die Gedichte sind alles andere als obszön und haben nichts mit meinen vulgären Vierzeilern gemein. Und jedes dieser fünfzig Gedichte beginnt ähnlich: *Noch heute weiß ich, wie … Noch heute denke ich daran, wie … Noch heute sehe ich vor mir, wie …*

Es heißt, als der Dichter auf der letzten Stufe und beim letzten Gedicht angekommen war, sei der Maharadscha von allem, was er gehört hatte, von der Aufrichtigkeit und Schönheit der Verse, so beeindruckt gewesen, dass er Bilhana begnadigte und ihm seine Tochter zur Frau gab.

Mich hätte man in einer vergleichbaren Situation sicher gnadenlos gepfählt, denn erstens hätte ich mich höchstens noch an zwei oder drei meiner Gedichte für dich erinnert und zweitens hätten sich alle, die meiner Hinrichtung beigewohnt hätten, für mich geschämt. Möglicherweise hätten sie aber – falls ich es tatsächlich geschafft hätte, auf den Stufen zum Schafott fünfzig meiner lächerlichen Gedichte zu rezitieren – vielleicht auch genauso schallend über sie gelacht wie du und ich wäre mit einem blauen Auge davongekommen. Denn wenn wir überhaupt Vergebung oder Gnade verdienen, dann dafür, wie sehr wir einander zum Lachen brachten. Das war es, was uns eigentlich verband, mehr noch als alle Erotik.

5

Auf sämtlichen Empfehlungslisten für Barbecue in Austin rangiert das *Micklethwait Craft Meats* auf den vorderen Plätzen, wenn auch nirgendwo unter den Top drei. Das hatte für uns den Vorteil, dass es keine lächerliche vierstündige Warteschlange gab wie beim *Franklin's*. Trotzdem war das Essen dort unvorstellbar köstlich. Das Lokal wirkte ein wenig heruntergekommen – es machte diesen verwahrlosten, aber gemütlichen Eindruck, der einem ein Gefühl von Authentizität gibt: ein alter Caravan, der mit dem Unkraut, das unter seinem Bauch hervorlugte, an ein gestrandetes Schiff mit algenbewachsenem Kiel erinnerte, davor ein paar lange Holztische mit daran befestigten Bänken und ein halbes Dutzend dicht belaubter Bäume, die großzügig Schatten spendeten – das Ganze am Ende einer Straße, wo die Stadt ins freie Feld übergeht, ein Ort, wie man ihn aus Horrorfilmen als Versteck für den Mörder kennt oder aus Indie-Filmen als weit von den Erwachsenen entfernten Zufluchtsort, wo sich die jugendlichen Helden endlich zum ersten Mal küssen.

Das texanische Barbecue ist Amerikas einziger unverzichtbarer Beitrag zur Gastronomie. Man muss diese klebrigen Spareribs einfach feiern, die, wie man uns sagte, achtzehn Stunden lang gegart werden, bis sie einem dann im Munde zergehen. Dieses ganze herrlich mürbe Beef-Brisket, das nur aus Fett, Rauch, Salz und Pfeffer zu bestehen schien, wurde uns ohne weitere Umschweife mit Paprikaschoten und ein paar Scheiben weichem Toast, der den gesamten Bratensaft aufsaugte, auf einem Stück Küchenpapier serviert. Man aß die Spareribs mit den Händen, und der Barbecue-Geruch blieb hartnäckig an den Fingern haften, bis wir später geduscht hatten. Man setzte sich mit seinem Essen hin, wo man Platz fand, drängte sich Ellbogen an Ellbogen auf einer Holzbank mit fremden Männern, die einen tätowiertem Nacken hatten und ihre Bärte bis zur Brust trugen, und es machte einen Heidenspaß.

Du hast mich nach all den Restaurants in Spanien gefragt, die du gerne einmal ausprobieren würdest, und mir von all den Restaurants in Mexiko erzählt, die ich einmal ausprobieren sollte, aber ich sage dir: Wir hätten nirgendwo besser essen können als in diesem Barbecue. Ich muss über mich selbst lachen, wenn ich daran denke, wie viel ich einmal für einen Sternekoch bezahlt habe, der einem die *totale kulinarische Erfahrung* versprach, etwas, an dessen Perfektionierung er jahrelang gefeilt hatte, angefangen von der Beleuchtung bis hin zum Geschirr. Und dann landet man zufällig bei diesem Barbecue-Truck, wo sie das Fehlen einer solchen Erfahrung zu perfektionieren scheinen, angefangen von der fehlenden Beleuchtung bis hin zum fehlenden Geschirr, und genau dort lässt einen der erste Bissen alles andere vergessen, und man macht endlich die Erfahrung, die einem in all diesen Restaurants in

Madrid, Katalonien oder im Baskenland versagt geblieben ist, in denen man angeblich einmal gegessen haben muss, bevor man stirbt.

Ich frage mich, ob mir diese fetttriefenden Spareribs genauso gut geschmeckt hätten, wenn ich sie alleine gegessen hätte, oder ob ich sie einfach doppelt genoss, weil ich dich bei mir hatte, dir dabei zusah, wie du das Fleisch mit beiden Händen packtest, die Knochen abnagtest, bis sie glänzten, auf der knusprigen Kruste des Beef Brisket herumkautest und dabei ungeniert Mmm und Oooh machtest, während deine Nase und deine Wangen von Soße verschmiert waren. Triumphierend traten wir das Idealbild vom Romantikdinner am Zweiertisch mit Oberkellner, Damasttuch und Kerzenleuchter in den Staub. Beim bloßen Gedanken an ein solches Dinner graust es mir schon, weil man sich verpflichtet fühlt, glücklich zu sein und einen ganz besonderen Abend zu erleben, was fast immer in die Hose geht. In jedem vornehmen Restaurant kann man sie beobachten, die langjährigen Paare am Zweiertisch, wie sie sich verzweifelt bemühen, das Gespräch nicht einschlafen zu lassen. Wenn das Essen aufgetragen wird, wird jeder Gang ausgiebig kommentiert, doch bald schon herrscht wieder Schweigen. Dann diskutieren sie, ob sie noch eine zweite Flasche Wein bestellen und sich betrinken sollten - was die beste, vielleicht sogar die einzige Lösung wäre –, oder ob sie sich lieber mit einer Flasche begnügen und damit stillschweigend akzeptieren, dass sie sich nichts zu sagen haben. Am Ende blättern sie für diese Tortur eine astronomische Summe hin, fahren nach Hause zurück, erleichtert, dass die Farce ein Ende hat, und schieben mit ein wenig Glück noch eine Nummer, die gerade mal sieben Minuten dauert. Die Idee vom Romantikdinner ist ein Riesenschwindel, und doch haben wir von den Amis den Valentinstag übernommen, den wohl traurigsten Tag des Jahres in einem amerikanischen Restaurant.

Selbst bei der Zeitung veröffentlichen wir in unseren grauenhaften Beilagen immer wieder denselben Artikel, in dem geraten wird, zur Wiederbelebung der Leidenschaft ab und zu mit seinem Partner ein Romantikdinner zu veranstalten. Die Dicke von Zimmer 418, die nie verheiratet war, hat in sämtlichen Beilagen etwa an die fünfzig Mal den immer gleichen Artikel veröffentlicht, in dem sie alle Ratschläge erteilt, die ebenso nutzlos wie grausam sind, weil selbst sie ganz genau weiß, wie so ein romantisches Candlelight Dinner endet. Die Wahrheit ist nämlich, dass niemand eine Ahnung hat, wie man in einer Partnerschaft die Leidenschaft wieder anfachen könnte, abgesehen davon, dass das ganz sicher eine miserable Idee wäre: Die Welt wäre eine andere, wenn es für dieses Problem eine Lösung gäbe. Wahrscheinlich wäre sie ein unerträglicher, mit Kondomen übersäter Ort, wo wir alle, brünstig wie die Bonobos, nicht dazu kämen, uns um unsere Kinder zu kümmern, Atomkraftwerke zu überwachen, Organe zu transplantieren oder gerade Mauern zu errichten.

Wie du wahrscheinlich besser weißt als ich, haben die Wörter Passion und Pathologie die gleiche Wurzel, nämlich das griechische Wort *pathos*, das »Leiden« heißt. Für die alten Griechen wäre eine Wiederbelebung der Leidenschaft also gleichbedeutend mit erneutem Leid, was unbestreitbar pathologisch ist. Und doch sehnen wir uns ebenso verzweifelt und vergeblich nach dem Wiederaufflammen der Leidenschaft, wie sich der Gefangene nach der Freiheit sehnt, aber es bleibt uns versagt, jedenfalls mit dem eigenen Partner, es sei denn, es passiert etwas, jemand stirbt, man wird arbeitslos oder krank, zündet sein Haus an, überlebt einen Unfall, verliert alles, betrügt einander, nimmt Ayahuesca oder Ecstasy, unterzieht sich einer Hormonbehandlung oder isst unter lauter bärtigen Kerlen mit tätowiertem Nacken sein Essen mit den Händen, vielleicht auch alles zusammen, wer weiß. Ein Romantikdinner tut es jedenfalls nicht.

6

Nach dem Barbecue ließen wir uns – schwerer als je zuvor – wieder auf die Hotelmatratze fallen, die wir in diesen Tagen so ungern verließen und auf die wir so freudig zurückkehrten. Hotelmatratzen haben immer schon meine Fantasie entfacht. Immer wenn ich mich auf einer ausstrecke, muss ich an all die Menschen denken, die vor mir schon auf ihr gelegen haben. Ich stelle mir die schlaflosen Nächte, die Alpträume, die Tränen, das unbändige Verlangen und die sexuellen Begegnungen vor, die auf dieser Matratze stattgefunden haben. Ganz sicher ist auf Hotelmatratzen die Leidenschaft größer, hier ist man weit weg von zu Hause, also weit weg von der Möglichkeit, dass die Kinder hereinplatzen könnten, weit weg von der Aufgabe, das Frühstück für die Familie zu machen oder wegzuräumen, weit weg vom gelangweilten Blick deiner Frau, die lieber die neuen Nachrichten auf ihrem Handy checkt, als dir einen guten Morgen zu wünschen. Auf Hotelmatratzen kann man sich vorstellen, dass hier schon gut geliebt wurde. Tatsächlich ist eine Hotelmatratze ja oft die letzte Hoffnung für eine angeschlagene Ehe, ein wenig von dem wiederzuerlangen, was auf der heimischen Matratze nicht mehr zu finden ist. Ich frage mich, was diese Matratze über uns erzählen würde, könnte sie denn reden. Wären wir würdig, in ihre bewegte Geschichte einzugehen, oder blieben wir eine bloße Randnotiz?

Ich habe dir vorgeschlagen, ein winziges Stück aus dieser Matratze als Erinnerung herauszuschneiden, weißt du noch? Aber das erschien dir zu riskant, wir hatten kein richtiges Schneidwerkzeug zur Hand, und du hattest Angst, sie zu ruinieren, wenn wir das Messer der Minibar benutzten, und dann müssten wir sie nicht nur bezahlen, sondern obendrein noch erklären, wie es dazu gekommen war.

Ich führte Buch darüber, wie oft wir miteinander schliefen, zählte jede einzelne Stunde und hatte das unwiderstehliche Bedürfnis, mein Glück in die Welt hinauszuposaunen. Doch da ich niemanden hatte, dem ich es hätte erzählen können, erzählte ich es schließlich dir: Am Tag zuvor hatte ich auf dieser Matratze meinen eigenen Rekord geschlagen, und an diesem Tag hoffte ich ihn erneut zu übertreffen. Dein Blick war plötzlich voller Verachtung: Luisito, du gottverdammter Kerl, du zählst tatsächlich wie ein Teenager, wie oft du mit mir geschlafen hast, willst du neue Rekorde aufstellen, als wären wir hier bei den Olympischen Spielen? Und dann? Wirst du loslaufen und es deinen Kumpels erzählen? Als ich das hörte, fürchtete ich, ich hätte mit meiner Besessenheit, unsere Lust zu beziffern, alles verdorben. Ich versuchte, dir zu erklären, dass es nicht die körperliche Leistung war, die mich beeindruckte, sondern vielmehr unser permanentes Bedürfnis, einander zu berühren, die Bereitschaft, sich dem anderen jederzeit hinzugeben, die unablässige Sehnsucht danach, in dem anderen oder zumindest so nah wie möglich an ihm zu sein, Haut an Haut, Mund an Mund, Haar an Haar, die Tatsache, dass wir weder wenn wir allein waren noch in der Öffentlichkeit die Finger voneinander lassen konnten. Es war ein Zustand ständiger Erregung, den ich vollkommen vergessen hatte.

Ich habe die leidenschaftlich Verliebten, die von sich selbst Ergriffenen, die immer und überall ihre Liebe feiern, stets peinlich gefunden, pathetisch eben, und sie gerne damit aufgezogen: Oh, hier kommt der Meister des Pathos, erzähl uns doch mal von deinem pathetischen Abenteuer, damit wir armen Verheirateten, die sich wie die Schnecken durch eine endlose emotionale Wüstenei schleppen, so richtig neidisch werden, berichte uns von Gipfeln und Abgründen, die du auf der Matratze bezwungen hast. Und die Pathetischen erzählen nicht, sie verkünden, sie singen das Loblied ihrer unfassbar großen Liebe, ihrer nie ermüdenden sexuellen Begierde: Noch nie zuvor haben sich auf einer Matratze zwei Menschen so heftig, so leidenschaftlich, so innig vereint wie ihre Körper und ihre Seelen. Sie sind wie diese halbkugelförmigen Wesen, die Aristophanes in Platons *Symposium* beschreibt, die ihre andere Hälfte suchen und sich, wenn sie sie gefunden haben, nie wieder von ihr lösen und vor Hunger und Nichtstun sterben, weil sie nichts getrennt voneinander tun können.

Sie sind in einem Zustand, den du nicht kennst, du verstehst nicht, wovon sie reden, so wie jemand, den man nach der Wirkung einer Droge oder dem Geschmack eines Gerichts fragt, das man noch nicht gegessen hat, es lässt sich mit Worten nicht beschreiben, man muss es erlebt haben. Der Pathetische hält seine sexuellen Erlebnisse für so einzigartig und besonders wie ein frischgebackener Vater sein erstes Kind, und beide sind mir peinlich mit ihren Erzählungen darüber, wie unglaublich und einzigartig das ist, was sie erleben.

Die Pathetischen sehen dich mitleidig an, du sprichst nicht die Sprache der Leidenschaft, du bist unfähig, die Bedeutung des Geschehens zu verstehen oder zu ermessen. Es ist unerträglich. Wenn du ihnen erklärst, wohin jede Leidenschaft führt, die nicht vorzeitig mit dem Tod endet, durch Julias Dolch oder Kleopatras Schlange, glauben sie dir nicht. Und nach einiger Zeit endet alles so, wie du es vorhergesehen hast, und es freut dich fast ein wenig. Mit Ringen unter den Augen von den durchwachten Nächten, in denen das Wunderkind nicht schlief, beim Tanzkurs, mit dem sie verzweifelt versuchen, das Feuer wieder zu entfachen, beim

Schweigen an einem Zweiertisch in einem Luxusrestaurant.

Es gibt ein Gedicht von Yeats, das auf eindrückliche Weise vom Abgesang der Liebe erzählt, und ich habe mir immer einen Spaß daraus gemacht, es jedem zu schicken, der mir, von der Unsterblichkeit seiner verzehrenden Liebe erfüllt, mit der Geschichte seiner Leidenschaft die Ohren vollquatschte:

»Deine Augen, die meiner nie überdrüssig wurden,
Sind unter gesenkten Lidern trauerverhangen,
Weil unsere Liebe vergeht.«

Darauf sie:
»Obgleich unsere Liebe vergeht, lass uns noch einmal
Am einsamen Ufer des Sees stehen,
Gemeinsam in jener Stunde der Sanftmut,
In der das arme, müde Kind Leidenschaft in den Schlaf fällt.
Wie weit weg die Sterne scheinen und wie lang her
Ist unser erster Kuss und oh, wie alt ist mein Herz!«

Langsam gingen sie durch die welken Blätter,
Während er, ihre Hand haltend, ernst antwortete:
»Leidenschaft hat unsere unsteten Herzen oft ermüdet!«

Der Wald war um sie, und die gelben Blätter
Fielen wie schwache Meteoriten im Dunkeln, und einmal
Humpelte ein altes, lahmes Kaninchen über den Weg;
Herbst umgab ihn: und nun standen sie
Noch einmal am einsamen Ufer des Sees:
Er drehte sich um und sah, dass sie stumm
Laub, taufeucht wie ihre Augen, aufgesammelt
Und sich an die Brust und in die Haare gesteckt hatte.

»Oh, trauer nicht«, sagte er,
Darüber, dass wir müde sind, denn andere Lieben erwarten uns;
Hasse weiter und liebe in unverzagten Stunden.
Die Ewigkeit liegt vor uns; unsere Seelen
Sind Liebe und ein dauernder Abschied.« *

Doch als ich dich nach dem Mittagessen auf der gleichen Matratze liebte, auf der ich dich schon nach dem Aufwachen geliebt hatte und hoffte, dich vor dem Einschlafen noch einmal zu lieben, war auch ich nicht mehr als ein willenloses Werkzeug

---

* Aus: William Butler Yeats: „Ein Morgen grünes Gras«. Gedichte. Ausgewählt und übertragen von Andrea Paluch und Robert Habeck. München 1998.

der Natur, und mich unterschied praktisch nichts mehr von den Pathetischen, die ich immer so belächelt hatte. Endlich sprach ich ihre Sprache, endlich verstand ich sie, und dennoch erschienen sie mir alle wie Hochstapler im Vergleich zu mir, weil es in solchen Augenblicken nur eine einzige Wahrheit gibt, nämlich die eigene, neben der keine andere Bestand hat. Fragt nur die Matratze, die, wenn sie reden könnte, keine schönere Geschichte zu erzählen hätte als die, was wir beide, du und ich, auf ihr getrieben haben. Ja, die Matratze applaudierte uns und sagte sich sicher, dass sie nie wieder eine vergleichbare Geschichte erleben würde, sie nicht und auch keine andere Matratze in diesem Hotel oder irgendwo sonst auf der Welt. Am Ende erwies ich mich als der Großmeister des Pathos.

Wenn man jemanden sieht, der an Magersucht leidet, kann man nicht verstehen, wie dieser Mensch sich selbst im Spiegel als dick empfinden kann, wenn er doch eindeutig nicht mehr als ein Knochengerüst ist. Ich habe es nie für möglich gehalten, dass mir eine so verzerrte Selbstwahrnehmung einmal selbst widerfahren könnte. Aber der leidenschaftlich Verliebte in seinem Egoismus ist nicht viel anders: Wenn er sein Leben im Spiegel betrachtet, sieht er weder sein Haus noch seine Kinder noch seine Frau oder seine Arbeit. Deshalb ist er bereit, alles aufs Spiel zu setzen, was er hat, Kinder, Haus, Ehepartner, und das alles für das unwiderstehliche Bedürfnis, um drei Uhr morgens eine zärtlich-erotische WhatsApp an eine Frau zu schicken, die er erst seit sieben Tagen kennt und wahrscheinlich in dem Moment hassen wird, in dem er realisiert, dass er alles für sie aufgegeben hat. In dieser Verfassung bin ich jetzt, zu einem solch erbärmlichen Geschöpf hat mich diese Leidenschaft gemacht, und das Schlimmste ist, dass ich gar nicht davon geheilt werden will, weil ein Leben ohne Leidenschaft mir kein Leben mehr zu sein scheint, sondern nur ein vorübergehender Zustand, in dem ich die Tage zähle und darauf warte, dass etwas passiert, dass es Freitag oder Sommer wird, dass ich in einer exotischen Stadt eine Reportage schreiben darf, dass Paula gut gelaunt ist, dass mein Sohn am Samstagmorgen ein Tor schießt, dass Carmen mich bittet, sie durchzukitzeln, dass ein Freund mich anruft und fragt, ob ich mit ihm essen gehen will, dass irgendjemand mich anruft, um mir zu erzählen, dass irgendetwas passiert ist, dass jemand gestorben ist, dass jemand mit jemand anderem durchgebrannt ist, dass jemand aus seiner Wohnung geworfen wurde.

Ich werde diese Tage mit dir vermissen, diese sieben Tage der letzten beiden Jahre, in denen jede Sekunde von sich selbst erfüllt war, in denen das, was zwischen uns geschah, alles war, was ich ersehnte, in denen der Moment so vollkommen genügte, in denen ich keinen Gedanken daran verschwendete, was eine Stunde, eine Woche, ein Jahr oder ein Leben später passieren würde, in denen das, was vor meinen Augen lag, die ganze Welt war.

7

Verkleidung ist wichtig. Die Etikette. Sie macht einen anderen aus dir, bereitet dich auf ein Ereignis vor, verleiht ihm Bedeutung, ermöglicht uns, ein Ritual zu schaffen, macht aus einem ganz gewöhnlichen Tag einen Festtag, eine besondere Zeit, sorgt dafür, dass wir anders sprechen und uns anders bewegen als sonst, eröffnet uns die Möglichkeit eines anderen Ichs. Ich verabscheue Menschen, die Anzüge, Krawatten, die Soutane, die Mitra oder den Smoking geringschätzen und bei allen Anlässen gleich gekleidet sind, um ihre Ungezwungenheit und Unverfälschtheit zu betonen. Spanien ist voll von einer neuen Generation von Politikern, die Jeans und karierte Hemden zu einer Uniform für sämtliche Gelegenheiten erkoren haben. Damit wollen sie sagen: Seht her, ich bin wie ihr, ich verkleide mich nicht, sondern bin immer derselbe, ich bin authentisch, ich erhebe mich nicht mit einer Krawatte über das gemeine Volk. Sie haben nichts kapiert, und das einzig Authentische an ihnen ist ihre Dummheit. Man muss jede nur erdenkliche Möglichkeit nutzen, um sich zu verkleiden, zwischen seinen verschiedenen Ichs zu wechseln, bis man genau das richtige Ich für den jeweiligen Anlass gefunden hat, dasjenige, was das Beste aus ihm herausholt. Die Kutte macht den Mönch, sagt ein spanisches Sprichwort, sie ist unabdingbar, damit der Mönch sich als Mönch fühlt und sich entsprechend verhält. Das wusste ich schon als kleines Kind: Ich erinnere mich, wie ich ins Zimmer meiner großen Schwester schlich, wenn sie nicht da war, und ihre Unterwäsche und einen Rock anzog, und schon fühlte ich mich anders und tanzte, sang, posierte vor dem

Spiegel, bewegte mich und sprach wie ein anderer Mensch. Und ich erinnere mich, dass ich das Messdienergewand meines Cousins trug und das Gefühl hatte, mit Gott auf Du und Du zu sein, oder die Uniform meiner Tante anzog, die Stewardess bei Iberia war, und der ganzen Familie Kaffee servierte, als befänden wir uns alle auf einem Flug nach New York. Mit einer guten Verkleidung fängt alles an.

Wie jeden Abend seit unserem ersten zögerlichen Kuss stand außer Frage, dass wir gleich nach Sonnenuntergang ins *White Horse* zurückkehren würden, um Two-Step zu tanzen. An keinem unserer sieben Abende taten wir je etwas anderes. Und diese Zeichnung zeigt den Nachmittag, an dem wir beschlossen, uns ein komplettes Cowboy-Outfit zuzulegen, um endlich wie echte Besucher eines Honky Tonk auszusehen. Stiefel, die berühmte schwere Gürtelschnalle, besticktes Hemd, Hut, Bolotie. Um jemand anderes zu sein, unserem müden Ich eine Pause zu gönnen.

Wir gingen zu Allens Boots in der South Congress Ave, dem *ultimate store* für jeden, der Cowboy spielen will, und kauften nach Herzenslust ein. Normalerweise hasse ich es, shoppen zu gehen, und betrete kein Kleidergeschäft, wenn es sich irgendwie vermeiden lässt. Aber an diesem Tag erschien es mir wie ein großartiger Plan, der beste überhaupt, nach der Siesta, aus der wir nackt erwachten, während es unter der Decke noch nach Sex roch, ausgiebig zu duschen und dann loszuziehen, um uns ein Cowboykostüm zu besorgen, mit dessen Hilfe der Rest des Tages zum Szenario für unsere große Liebeskomödie würde. Ein Mann aus Santander und eine Frau aus Mexico City in der Hauptstadt von Texas, gekleidet in die Volkstracht derer, die wie die Cowboys leben und tanzen.

Das Outfit war nicht gerade günstig, gute Cowboystiefel sind teuer und gute Hüte auch, und wenn man dann noch Gürtel und Hemd dazunimmt, kommt man auf knapp vierhundert Dollar. Wir wussten beide, dass es schwierig werden würde, zu Hause eine solch hohe Ausgabe zu rechtfertigen. Ich stellte mir – genau wie du – den Augenblick vor, in dem wir den Koffer öffnen und das Kostüm hervorziehen würden: Schatz, ich habe für dreihundertfünfzig Euro ein echtes Cowboy-Outfit gekauft, sieh nur die Qualität, es ist das Geld wert. Das wäre ein Problem. Aber in diesem Moment konnten wir nicht widerstehen, das *White Horse* erwartete uns. Ein Cowboyhut wäre nicht genug gewesen, das war nur der Anfang der Verkleidung, und um dorthin zu gehen, mussten wir perfekt gekleidet sein. Einen Augenblick lang überlegte ich, was ich in Madrid mit dreihundertfünfzig Euro alles anstellen könnte: Ich könnte ein Tablet für Carmen kaufen, wir könnten an mehreren Wochenenden auswärts essen, ich könnte die Reifen am Motorrad wechseln lassen oder meinen beiden Älteren je ein paar Fußballschuhe schenken. Diese Verschwendung war durch nichts zu rechtfertigen. Aber wir konnten einfach nicht auf dieses Cowboykostüm verzichten, unvorstellbar, noch einmal mit dir im *White Horse* Two-Step zu tanzen, ohne wie ein echter Cowboy auszusehen. Und du konntest nicht meine Tanzpartnerin sein, ohne dich für die gleiche Summe wie ein Cowgirl zu kleiden. Dabei hätte unser schlechtes Gewissen uns davon abhalten sollen. Wir beide sind die Geringverdiener in der Ehe, unsere Partner verdienen doppelt, dreimal oder viermal so viel wie wir und sorgen für den Unterhalt der Familie, während wir das Privileg genießen, zu tun, was uns Spaß macht. Du entwirfst fantastische Gebäude, von denen kaum eines je gebaut wird, und ich verfasse mal geistreiche und mal gezwungene Kolumnen, die ich in weniger als einer Stunde heruntertippe und für die ich Jahr für Jahr schlechter bezahlt werde. Mit welchem Recht konnten wir also vierhundert Dollar für ein Cowboykostüm zum Fenster hinauswerfen, um für einen Abend lang Two-Step zu tanzen? Ich hörte schon die Stimme meines Vaters aus dem Grab, die mir zurief, dass ich keinerlei Recht dazu hätte. Aber ich war mit einem Mal der festen Überzeugung, dass uns diese Laune zustehen würde, selbst wenn sich der Wert unserer Arbeit nicht in der Bezahlung niederschlägt. Ich sorge immerhin dafür, dass andere beim Frühstück ein Diskussionsthema haben, und du tust mehr als das – du schenkst den Menschen Träume von Orten, an denen sie gerne leben würden. Es gab also keinen Grund, sich schlecht zu fühlen. Dein Mann ist Banker, meine Frau Leiterin einer großen Kulturstiftung, und sie verdienen viel Geld, aber ich bin mir nicht sicher, ob sie der Welt mehr geben als wir. Ich sagte mir, dass wir kein schlechtes Gewissen haben mussten, dass das Leben ohne Menschen wie uns unerträglich wäre. Und dass wir uns diese kleine Extravaganz gönnen durften.

Verwerflich war hingegen die Ausrede, mit der wir anfangs unseren Kauf rechtfertigen wollten. Das war unser kleiner bösartiger Moment, und glaub nicht, ich hätte ihn nicht einen Augenblick lang zutiefst genossen. Aber während dein Mann vielleicht noch in mein Kostüm gepasst hätte, wäre

Paula deines auf jeden Fall zu groß gewesen. Und selbst wenn es ihr gepasst hätte wie angegossen, wäre es abscheulich gewesen, ihr die Kleidung zu schenken, die du an diesem Abend für mich getragen hast, und ihr weiszumachen, dass ich fast vierhundert Dollar ausgegeben hatte, um ihr ein Souvenir aus Texas mitzubringen, um sie als Cowgirl zu sehen, und dann, wenn sie das Kostüm angezogen hätte, an den Abend mit dir zu denken. Und doch dachten wir einen Moment daran, die Vorstellung brachte uns unwillkürlich zum Lachen und weckte zugleich Schuldgefühle in uns. Es wäre eine unnötige Grausamkeit gewesen, meiner Frau die Bluse zu schenken, die sich über deinen Brüsten gespannt hatte, und, schlimmer noch, deinem Mann eine Hose, an der ein Forensiker mühelos Spermaspuren und Salzkristalle von dem Schweiß gefunden hätte, den ich in drei Stunden Two-Step vergossen hatte. Zu unserer Entschuldigung muss man sagen, dass wir schon ziemlich viel Tequila intus hatten, als du auf diese Idee kamst und sagtest, auf diese Weise könntest du vielleicht Gefallen daran finden, mal wieder mit ihm ins Bett zu gehen, denn in letzter Zeit hattet ihr höchstens einmal im Monat Sex, und der arme Kerl wisse schon gar nicht mehr, was er sich noch alles einfallen lassen sollte, um dich *in the mood for love* zu versetzen. Er würde das Cowboykostüm für eine großartige Idee halten, und du würdest dir vorstellen, dass du nicht von ihm flachgelegt würdest, sondern von mir, einem liebestollen Mann, der sich als Cowboy verkleidet hatte, um mit seinem Cowgirl in einem Honky Tonk tanzen zu gehen.

Ich versuchte, mir vorzustellen, was passiert wäre, wenn ich Paula deine Sachen gegeben hätte. Dein Mann wäre nicht zu bremsen gewesen, sobald du das Cowboykostüm aus dem Koffer geholt hättest, und ihm wäre sicher nicht im Traum eingefallen, dass du an etwas anderes gedacht haben könntest als daran, wie sexy er in dieser Verkleidung aussehen würde, und dass du damit ein bisschen frischen Wind in eure Beziehung bringen wolltest. Aber meine Frau hätte ganz anders reagiert. Zuallererst hätte sie an den Sachen geschnuppert und festgestellt, dass sie nicht sauber, gebügelt und originalverpackt waren, sie hätte Haare, Schweißspuren und Parfümgeruch daran gefunden, und spätestens in dem Moment, wenn sie die falsche Größe gesehen hätte, wäre ihr Verdachtsthermometer auf hundert hochgeschnellt. Ich hatte überlegt, ihr zu sagen, dass die Sachen aus einem Second-Hand-Laden stammten, aber dann hätte sie mir vorgeworfen, wie ich dreihundertfünfzig Euro für ein Cowgirlkostüm ausgeben könnte, das ihr nicht einmal passte und das sie eklig fand, wer weiß, wer das schon getragen hatte.

Aber es wäre nicht nur riskant, sondern - viel schlimmer noch - ungeheuer respektlos gewesen, bei unseren Ehepartnern ein Geschenk, das wir beide eigentlich uns gemacht hatten, als großzügiges Mitbringsel für sie auszugeben. Das wäre der eigentliche Betrug gewesen - der Moment, in dem wir unsere Partner zu Gegenständen eines grausamen Scherzes machten von etwas, das nur uns beide betraf. Die Grausamkeit fängt da an, wo man den Betrug genießt. Und bis jetzt hatten wir sie im Grunde genommen nicht betrogen. Als wir taten, was wir taten, waren wir nicht die Menschen, die sie kannten, wir waren aus unseren Leben herausgetreten, sogar aus uns selbst, und alles, was wir miteinander erlebten, geschah an einem aus Zeit und Raum gefallenen Ort, an Plätzen, an denen sie nie gewesen waren und wo niemand uns kannte, und unsere gemeinsame Zeit war schon von der Zeit abgezogen, die wir anderen schulden, wir hielten die Dinge säuberlich getrennt, alles blieb an seinem Ort. Aber wenn wir mit diesen Cowboykostümen nach Hause zurückgekehrt wären, wäre es uns ergangen wie dem Protagonisten in *Die Fliege*, der sich in einem Teleportationsgerät mit einer Fliege vermischt und nach und nach zu einem Monster wird. Am Ende hätten wir uns dafür gehasst. Also ließ ich mein Cowboykostüm im Flugzeug zurück. Wieder zu Hause, jammerte ich herum, ich Idiot hätte in einem Cowboyladen Geschenke für alle gekauft und sie im Flugzeug vergessen. Ich tat so, als würde ich die Fluggesellschaft anrufen und als würde man mir dort sagen, dass die Tasche nicht gefunden worden war. Ich stellte mich zerknirscht. Carmen tröstete mich, was zählte, sei die gute Absicht, sagte sie und gab mir einen Kuss. Sie hatte keine Ahnung, wie recht sie damit hatte.

8

Unglaublich, dieser Schwarm von Fledermäusen – laut Wikipedia buchstäblich eine Million –, die bei Sonnenuntergang aus den Hohlräumen unter der Congress Bridge, einer unscheinbaren, architektonisch völlig bedeutungslosen Betonbrücke, hervorströmten und den Abendhimmel wie eine schwarze Wolke verdunkelten, bevor sie über den Lady Bird

Lake hinwegzogen. Dieser ist, wie ich ebenfalls aus Wikipedia erfahren habe, ein künstlicher See, der ursprünglich als Kühlbecken für ein altes Elektrizitätswerk angelegt wurde, in dem sich heute ein Shopping Center befindet, also alles ein Riesenfake. Der Dämmerflug der weltweit größten urbanen Fledermauskolonie über den See steht ganz oben auf der Liste von Dingen, die man als Tourist in Austin auf keinen Fall versäumen darf. Allerdings ist dieser Anblick weit entfernt von einem dieser stimmungsvollen Sonnenuntergänge, bei denen man von einer Klippe aus zusieht, wie die Sonne im Wasser versinkt, diesem romantischen Klischee eines Sonnenuntergangs, das wir aus unzähligen Filmen kennen. Der unbekümmerte Stolz, mit dem Austin alles zur Schau stellt, was es an Einzigartigem zu bieten hat, ungeachtet der Hässlichkeit und der Tatsache, dass es weder Sehenswürdigkeiten noch eine nennenswerte Geschichte aufweisen kann, faszinierte dich. Du warst begeistert von der Theatralik dieser Heerschar geflügelter Ratten, die sich gegen den rötlichen Himmel abzeichneten, und über den Strom der texanischen Pickups hinwegflatterten, der sich unablässig über die sechsspurige Brücke hinwegwälzte, über die Helme einer Gruppe übergewichtiger Touristen aus der texanischen Provinz, die per Segway auf Sightseeing-Tour waren, und über unsere Cowboyhüte, die wir kurz zuvor acht Blocks entfernt bei Allens Boots erstanden hatten.

»Unglaublich, wie sich hier alles, die Landschaft und die Leute, zu einem harmonischen Ganzen zusammenfügt, davon werde ich meinen Studenten in der nächsten Stunde erzählen«, sagtest du sinngemäß. »Was für eine großartige Entdeckung. Alles passt perfekt zusammen. Wenn man nach Venedig fährt, zerstört die vollkommene ästhetische Unvereinbarkeit zwischen dieser wunderbaren Stadt und denselben übergewichtigen Touristen in Jogginghosen« – ich erinnere mich nicht mehr an das mexikanische Wort für Jogginghosen – »jeden Zauber, jede Hoffnung, Trost in der Schönheit oder das perfekte Szenario für ein Liebesabenteuer zu finden. Und das ist in ganz Italien so. Die Italiener sollten die Vergabe von Visa an strikte Kleidervorschriften bei der Einreise knüpfen, an der Grenze Baseballkappen, Sweater, Crocs, Fleecejacken und überhaupt alles konfiszieren, was einen Reißverschluss hat, und allen, die nichts Schönes anzuziehen haben, leihweise Kleidung von Valentino und Loro Pianas überlassen, mit der sie dann die Stadt betreten dürfen. Proleten mit hässlichen Tattoos, überflüssigen

Piercings, absurden Frisuren oder Haarfarben sollten ausnahmslos sofort abgewiesen werden. Auf diese Weise bliebe einem vielleicht die ungeheuer frustrierende visuelle Verschmutzung erspart, die dieses unzivilisierte Pack in der Landschaft Italiens hinterlässt. Hier auf der Congress Bridge hingegen passen diese Leute perfekt ins Bild, ja sie sind sozusagen unabdingbar für den gelungenen Gesamteindruck, wenn sich der Himmel mit Fledermäusen füllt und die Menschen in ihren unförmigen Pick-ups, in ihrer unförmigen Kleidung zu den häuslichen Dramen der amerikanischen Suburbs zurückkehren.«

Das waren nicht genau deine Worte, aber etwas in der Art musst du wohl zu mir gesagt haben, denn ich weiß noch, dass ich dir applaudierte und auch den Übergewichtigen auf ihren Segways und den Fledermäusen, die, wie ich jetzt erkannte, alle unverzichtbare Bestandteile dieser Landschaft waren, in die sie sich so perfekt einfügten.

Jetzt bedauere ich es sehr, deine Ausführungen nicht aufgezeichnet zu haben, denn ich amüsierte mich königlich über deine scharfsinnigen Beobachtungen. Ich liebte es, dir dabei zuzusehen, wie du Anlauf nahmst für deine Ausführungen und dabei auch mir einen erfrischend neuen Blick auf die Dinge schenktest. Nur wenige Menschen können das: dich die Welt mit neuen Augen sehen lassen, mit ihren Augen.

Das war zweifellos unser perfekter Nachmittag, und die groteske Landschaft war das perfekte Abbild unseres Idylls. Seither ist diese Landschaft für mich untrennbar mit der Erinnerung an dich verbunden, genau wie viele andere Landschaften, die wir nie zusammen bereisen werden, aber in denen ich dein Bild heraufbeschwöre, wann immer ich an einem stillen Fleck vor dem leuchtend roten Abendhimmel stehe und den Blick ins Weite schweifen lasse. Schon oft habe ich an diesen Orten, an denen ich dich nie sehen werde, die ganze Welt verschwinden lassen und die Zeit angehalten, um mir vorzustellen, wie du langsam aus der Ferne näher kommst. Anfangs bist du so weit weg, dass ich nur eine dunkle Silhouette ausmachen kann, die sich auf mich zu bewegt, ohne zu erkennen, ob sie männlich oder weiblich ist. Dann kann ich allmählich einzelne Farben ausmachen und ahne, dass es eine Frau ist, fast scheint es, als wärest es tatsächlich du und nicht irgendeiner von den acht Milliarden Menschen auf dieser Welt, ein Wunder, sage ich mir, das kann nicht sein, aber wenn ich mir beinahe sicher bin, dass du es bist, überkommt mich ein tiefes Glücksgefühl: Sie ist es, unfassbar, aber wahr, sage ich mir, während du noch nicht nahe genug bist, dass ich dein Gesicht genau erkennen könnte, denn das geschieht erst auf den letzten Metern, die jemand zurücklegt, um zu dem zu gelangen, der auf ihn wartet, und erst, wenn du nur noch wenige Schritte entfernt bist, sehe ich dein freudiges Lächeln. Ich bin gespannt, ob du mir in die Augen siehst oder aus der Verlegenheit und Unsicherheit heraus, die einen überkommt, wenn man den anderen lange nicht gesehen hat, den Blick gesenkt hältst. Und dann bist du endlich bei mir, und ich sehe dich nicht mehr, weil du direkt vor mir stehst und mich küsst. Nach dem Kuss – einem sehr langen Kuss – zeige ich dir die Landschaft, nenne dir die Namen von allem, was man sehen kann, dem Kap, der Anhöhe, dem Leuchtturm, dem Strand, dem Felsen, der bei Ebbe freiliegt, ich erzähle dir von ihnen, erkläre dir, dass diese Landschaft Teil meiner Kindheit und meiner Heimat ist, denn normalerweise gebe ich mich dieser Fantasie in der Landschaft Kantabriens hin, wenn ich zu meinen Eltern hoch nach Santander fahre und die Orte unserer Sommerferien aufsuche, die Orte meiner Kindheit. Wieder und wieder nehme ich dich im Geiste dorthin mit, um einen weiteren perfekten Nachmittag mit dir zu erleben, um dir die Landschaft zu zeigen, von der du verstehen sollst, dass sie ein Teil von mir ist, und von der ich wünschte, du wärest ein Teil von ihr und ich könnte dich vor ihr stehen sehen, wie du mir zuhörst, was ich dir von ihr erzähle, und dann könnte ich hören, wie du sie siehst, und du würdest mir meine Landschaft zurückgeben, als wäre alles neu, mir deinen frischen Blick leihen, um staunend das zu sehen, was ich schon zu kennen glaubte.

9

Heutzutage hat jedes Pärchen sein eigenes Lied oder strebt zumindest danach. Es gibt Lieder, die zur Filmmusik der ersten Phase der Beziehung werden, in der man die Liebe tatsächlich noch wie einen Film erlebt und sich bemüht, ein Lied zu finden, das man *unser Lied* nennen kann, weil es den Geist dieser Tage einfängt und bewahrt wie ein

Tropfen Harz, auf den sich ein Schmetterling setzt. Der Schmetterling bleibt hängen, und Millionen Jahre später ist das Harz zu goldgelbem Bernstein kristallisiert und bewahrt in seinem Inneren wie ein besonderes Kleinod für alle Zeiten das Bild des Schmetterlings.

Wir fanden unser Lied, als wir uns nach dem Dämmerflug der Fledermäuse auf die Suche nach dem besten Hamburger von Austin machten. Zuvor hatten wir mehrere Empfehlungen verglichen, die das Internet ausspuckt, wenn man »Best Burger in Austin« eingibt, und uns für das *Casino El Camino* entschieden, eine düstere Spelunke, die wie ein Mayatempel aus Pappmaché aufgemacht war, mit den entsprechenden Glyphen, präkolumbianischen Monstern und Kellnern, die von Kopf bis Fuß tätowiert waren und siebenundzwanzig Piercings im Gesicht hatten.

Den Tresen zierte ein gotischer Wasserspeier, und an der gegenüberliegenden Wand stand eine schrankgroße Jukebox, die eine bunte, ungewöhnliche Musikmischung im Angebot hatte, willkürlich ausgewählte Lieder spielte und dabei zwischen Trash Metal und Soul, Bebop und Psychobilly hin und her sprang, von Megadeth über Miles Davis zu den Coasters wechselte, dann zu Curtis Mayfield, den

Cramps, Rahsaan Roland Kirk und den Saints … Es sind schon DJs für weniger abrupte Wechsel ermordet worden als für die, die dieses Ungetüm mechanisch vollzog, aber tatsächlich war die Musik ausnahmslos gut. Musikkritiker bezeichnen ein Album, bei dem alle Stücke großartig sind und es keine Lückenfüller gibt, gerne als *All killer, no filler*, und diese Jukebox war ein solcher *All killer, no filler.*

Es brauchte eine Weile, bis wir begriffen, dass die Humpen, aus denen die Typen am Tresen durch rohrdicke Strohhalme tranken und die an Füllhörner erinnerten, aus denen ganze Selleriebüschel, gebratene Baconstreifen, Gurken und kirschgroße Oliven quollen, in Wirklichkeit Bloody Marys waren. Das Glas selbst war um einiges kleiner als das, was oben herausragte. Wir mussten sehr lachen, und du sagtest, dies sei doch die perfekte Verkörperung der beiden großen texanischen Leitsätze: *more is more* und *size matters*. Also bestellten wir eine Bloody Mary für uns beide zusammen – ein einziges dieser gigantischen Füllhörner war eine komplette Abendmahlzeit für zwei. Das war ein gutes Zeichen: Wenn das in dieser Bar der Aperitif war, wie würden dann wohl erst die Hamburger aussehen? Der Barmann mit den Piercings schickte uns weiter zu einer Luke in der finstersten Ecke der Bar, wo man die Hamburger bestellen musste. Es sah aus wie der Heizraum eines uralten Dampfers. Durch die Luke konnte man zwei dicke Männer in schwarzen, schweißnass am Körper klebenden T-Shirts erspähen. Sie bewachten große Hackfleischpattys, die auf einem Kohlegrill vor sich hin brieten und genauso heftig schwitzten wie sie, und ich stellte mir vor, dass die armen Seelen in der Hölle wahrscheinlich genauso behandelt wurden wie die Pattys, und zwar von Typen, die aussahen wie diese Köche. Wir bestellten zwei Hamburger, die sich als die besten erwiesen, die wir je gegessen hatten, und als wir darauf warten wollten, belehrten die beiden Dicken uns in unfreundlichem Tonfall, dass es so lange dauern werde, wie es eben dauerte – *we don't make no fast food here*. Also trollten wir uns wieder zur Jukebox, um aus unserem Füllhorn zu trinken.

Und damit waren wir mitten in unserem Film. Ich hatte Spaß, Teil dieses Schauspiels zu sein, und gleichzeitig verfolgte ich alles, was wir taten, wie ein Zuschauer, ich gab mein Bestes in meiner neuen Rolle und konnte doch nicht vermeiden, neben mir zu stehen, mir von außen ungläubig zuzusehen und mich zu fragen, wie es möglich war, dass ich hier mit dir war und dies alles erlebte. Ich versuchte, es zu erleben, ohne über das nachzudenken, was ich erlebte, den Satz von Fernando Pessoa beherzigend, dass man, um glücklich zu sein, nicht zu viel darüber nachdenken sollte, dass man es ist. Wir hatten die Bühne, wir hatten die Kostüme und waren die Helden unseres eigenen Stücks, es fehlte nur noch die Musik. Wir kramten ein paar Münzen hervor – ich hätte in diesem Moment notfalls auch Tausende von Dollar gegeben, aber es brauchte nur fünf für das große Lied, das hier und jetzt das Harz sein würde, auf dem sich der geflügelte Moment niederlassen sollte, um zu versteinern und uns für alle Zeiten erhalten zu bleiben, wie ein altes Schmuckstück, an dem man sich immer wieder erfreut. Wir hatten eine lange Diskussion darüber, welches Stück sich am besten für das Wunder der Bewahrung im Bernstein eignete; die Auswahl war großartig, aber begrenzt. Du wähltest *Cosmic Dancer* von T. Rex, *Let's Get It On* von Marvin Gaye, *Wonderful World* von Sam Cooke und *Play With Fire* von den Stones, allesamt Lieder, die ich sehr gerne mag und auswendig kann, und schon während du die Tasten drücktest, konnte ich es kaum erwarten, darauf mit dir zu tanzen, und zwar »a cartoncito«, wie du es nanntest, also eng umschlungen. Ich wählte nur ein einziges Lied, ich brauchte nur eines, ich hatte meine Silberkugel in dieser Jukebox schon entdeckt, das Lied, von dem ich wusste, dass es für mich zu Bernstein kristallisieren würde: *You Don't Know What Love Is* von Sonny Rollins. Ich hob es mir bis zuletzt auf. Meine Filmmusik. Es eignete sich nicht besonders gut zum Tanzen, es war die Instrumentalversion eines Lieds, das du noch nicht kanntest, aber ich sagte dir, du musst es hören, wenn du wieder zu Hause bist, und zwar von Dinah Washington gesungen, und wenn du den Text hörst – den du schließlich auswendig kennen wirst, weil du es so oft gespielt hast –, wirst du erkennen, dass es unser Lied ist, und du wirst verstehen, was Sonny Rollins' klagendes Saxofon sagt, wenn es sich über die Melodie erhebt und zum Flug ansetzt.

Und genauso ist es gekommen, wie ich aus den Toptiteln deiner Spotify-Jahresliste erkenne, unter denen auch die Lieder sind, die wir in dieser Nacht ausgesucht hatten. Es macht mich glücklich, zu wissen, dass du in Gedanken oft an diesen Tag zurückgekehrt bist, und ich hoffe nur, du hast auch Lieder, die dir wieder den Weg hinausweisen. Ich lasse keine digitale Analyse der Lieder erstellen, die ich innerhalb eines Jahres gehört habe – mich erschreckt die Vorstellung, jemand könne meinen Musikgeschmack kontrollieren. Ich habe dir ja schon oft genug voller Stolz erzählt, dass ich ein altmodischer

Kerl bin, der Schallplatten sammelt und alte Motorräder fährt, die er in seiner eigenen Garage repariert. Im Grunde genommen sind das zwei schrecklich snobistische Hobbys für Hipster, und jetzt, da sie so verbreitet sind, sind sie mir ziemlich peinlich, und wenn ich jemanden mit einem alten Motorrad oder einer Schallplatte sehe, ist mir das so unangenehm, dass ich am liebsten meinen Plattenspieler und meine drei Motorräder auf die Müllhalde werfen und um Verzeihung bitten möchte. Ich besitze schon seit langem vier Versionen dieses Liedes, ich habe es immer gemocht. Aber dass ich mehr als eine Fassung davon habe, liegt nur daran, dass es sich um einen Standard-Jazzklassiker handelt, der schon tausend Mal gecovert wurde und noch tausend weitere Male gecovert werden wird, und nicht etwa daran, dass das Lied mir bis jetzt irgendetwas bedeutet hätte oder mit persönlichen Erinnerungen verbunden gewesen wäre. Bis zu jenem Abend, als es zu unserem Lied wurde. Ich kann dir sagen, dass im letzten Jahr selbst meine Kinder den Text auswendig gelernt haben und »Nicht schon wieder!« schreien, sobald ich es höre. Und sie hätten noch mehr Grund, sich zu beschweren, wenn sie wüssten, dass dieses Lied das Schlüsselloch ist, durch das ich versuche, einen Blick auf mein anderes Leben zu erhaschen, das Leben, in dem es weder ihren Vater noch sie gibt, in dem ich nicht länger ich bin und mein Zuhause nicht länger mein Zuhause ist.

10

Die Stadt, in der ich lebe, hat die meisten Bars pro Einwohner in einem Land, in dem es die meisten Bars pro Einwohner gibt. Mit zunehmendem Alter sehe ich mich gezwungen, mir einzugestehen, dass meine sozialen Kontakte sich im Wesentlichen auf Abendessen im Familienkreis, Sportvereine, Lesezirkel, Ausflüge aufs Land, Buchbinde- und Tanzkurse oder ähnliche Dinge beschränken, die meiner Frau sonst noch so einfallen. Ich versuche, mich diesen Domestizierungsversuchen zu entziehen, indem ich, soweit das in halbwegs bürgerlichen Kreisen möglich ist, weiterhin in Bars gehe. Ich liebe es, in Bars zu gehen. Ich führe meine Interviews möglichst oft in Bars, und auch die ersten Entwürfe für meine Kolumnen entstehen häufig dort. Tapas-Bars, die für ihren Schnaps und gebratenen Speck bekannt sind, Bars, in denen sich Taxifahrer treffen, Bars, in denen Kartenspieler vor Bierkrügen sitzen, Bars, in denen man am Tresen Meeresfrüchte isst und die Olivenkerne auf den Boden spuckt, Bars, in denen die Musik dröhnt, Café-Bars, in denen die Kaffeemaschine das Einzige ist, was man hört, fensterlose Lasterhöhlen, die mit Spiegeln und Kunstledersitzen ausgestattet sind, Bars, in denen Alte frühmorgens zum Frühstück Anisschnaps trinken und einarmige Banditen mit Münzen füttern. Auf Geschäftsreisen gehe ich jeden Abend in eine Bar, auch wenn ich allein bin, oder besonders, wenn ich alleine bin.

Ich liebe es, in Städten, die ich das erste Mal bereise, alleine auszugehen und sie von einer Bar aus zu beobachten. Ich betreibe diese Besuche mit demselben Interesse, mit dem andere Reisende in jeder neuen Stadt die Museen besuchen. Und ohne mein Faible, in jeder neuen Stadt, in der ich bin, die typischste Bar ausfindig zu machen, hätte ich dich wahrscheinlich nie ins *White Horse* ausgeführt, und wir hätten uns nie geküsst. Also sei dankbar, dass ich dieses Hobby habe, das sich für unsere kurze gemeinsame Zeit als Glücksfall erwies, in dem Leben jedoch, in das ich zurückkehre, allem Anschein nach als Laster gilt. Damit will ich keineswegs sagen, dass ich Alkoholiker wäre, sondern nur, dass ich einiges von Bars verstehe und als internationaler Experte auf diesem Gebiet mit Fug und Recht behaupten kann, dass das *White Horse* in Austin vermutlich die beste Bar der Welt ist – und sei es auch nur, weil es der Ort war, der möglich gemacht hat, dass zwischen uns passierte, was passiert ist. Und glaub mir, das ist kein Zufall, denn dieser Ort ist dafür geschaffen, dass dort so etwas passiert.

Allein der Name klingt verheißungsvoll: *White Horse*. Wie anders könnte eine Bar für Cowboys schon heißen? Und auch dass es sich um ein Honky Tonk handelt, weckt schon im Vorfeld die Hoffnung auf alle möglichen Abenteuer. Das Honky Tonk gehört, genau wie Stier- oder Hahnenkampfarenen, Bordelle, Billardkneipen, Flamencobars nach der Sperrstunde oder die Go-Go-Bars in Mexico zu den Etablissements, bei denen man sich fast darauf verlassen kann, seltsame Dinge zu erleben, und in denen ich schräge Vögel erwarte, die ungewöhnlich gekleidet sind, sich auffällig verhalten und mit lauter Stimme Sätze von sich geben, die ich mir am liebsten notieren würde, um sie bei nächster Gelegenheit in einer anderen Bar oder bei einem Abendessen als meine eigenen auszugeben oder sie in einem Artikel zu verewigen, sodass sie am Ende vielleicht sogar zu einem geflügelten Wort werden, ein Eigenleben beginnen und in anderen Mündern fortbestehen. Aber der Besuch im *White Horse* hat mich gelehrt, was das wirklich Außergewöhnliche an einem Honky Tonk ist, nämlich dass dort Menschen zum Tanzen hingehen, die was vom Tanzen verstehen. Und damit meine ich, dass sie sich als Paar Arm in Arm zur Musik einer Liveband im Gleichtakt mit den anderen Paaren auf der Tanzfläche bewegen – denn nur so und nicht anders tanzen die Leute, die was vom Tanzen verstehen – und nach ein paar Songs den Tanzpartner wechseln und mit Wildfremden weitertanzen.

Kurz gesagt, ein Hort des Widerstands gegen die Gewohnheiten der westlichen Welt, wo die Leute nicht zusammen tanzen, sondern in einem Meer aus einsamen Herzen im Rhythmus eines digitalen Beats zappeln, springen und zucken und, eine Hand in die Luft gereckt, zum Mischpult des DJs hinaufblicken.

Bevor wir uns kennenlernten, war ich noch nie in einem Honky Tonk gewesen, hatte aber schon viel über diese Lokale gehört; in meiner persönlichen Mythologie des Nachtlebens spielten sie eine wichtige Rolle als Sehnsuchtsort, ein Mekka, das es noch zu besuchen galt. Allein der Name Honky Tonk klingt schon wunderbar, wie Musik, ein unvergessliches Substantiv, das üblicherweise in den Liedern der Bad Guys vorkommt und dessen persönliche Bekanntschaft ich als Teenager den Rolling Stones und ihrem berühmten *Honky Tonk Women* zu verdanken hatte – übrigens der erste Riff, den ich auf der E-Gitarre meines Cousins spielen lernte. Damals war es unmöglich herauszufinden, was zum Teufel ein Honky Tonk war.

Es gab kein Internet, in dem Wörterbuch Englisch-Spanisch, das bei uns zu Hause stand, tauchte der Begriff nicht auf, und niemand, den ich in Santander kannte, nicht einmal meine Englischlehrerin am Gymnasium, hätte mir sagen können, was Honky Tonk bedeutete, ob es eine Bar war, ein Viertel in Memphis oder ein Adjektiv zur Beschreibung einer Frau, die selbst zwei so abgebrühte Typen wie Keith Richards und Mick Jagger beeindrucken konnte. Denk nur an den Text: *The lady then she covered me with roses, she blew my nose and then she blew my mind, it's the honky tonk women.* Nach dem zu urteilen, was in dem Song passierte, und ganz egal, was dieses Honky Tonk auch immer heißen mochte, wusste ich schon beim ersten Hören, dass ich an diesen Ort gehen wollte, wo man die Honky Tonk Women finden konnte, die ich mir vorstellte wie die Sirenen bei Odysseus, Frauen, die dich mit Rosen bedecken und dir mit ihrem Ansinnen den Kopf verdrehen.

Je tiefer man in die Geschichte des Rock und der Countrymusic eintaucht, desto öfter begegnet einem der Begriff, und irgendwann lernte ich aus einer der zahllosen Musikerbiografien, die ich vor zwanzig Jahren nach meinem Umzug nach Madrid kaufte und inzwischen völlig vergessen habe, dass ein Honky Tonk ein typisches Lokal im Südwesten der USA ist, wo einheimische Amateurbands live Country Rock spielen, wo man Two-Step tanzt und verrückte Leute mit Pistolen und Cowboyhüten in Feierlaune und unter dem Einfluss von Alkohol und sonstigen Drogen völlig verrückte Dinge tun. Der Wunsch, ein Honky Tonk zu besuchen und zu sehen, was mir dort widerfahren würde, war ein großer Traum meiner Jugend, der mit den Jahren in Vergessenheit geriet und fast erloschen war, als die Zeitung mir anbot, zu einer stinklangweiligen Tagung über digitalen Journalismus nach Austin, Texas, zu fliegen. Da flammte der alte Wunsch sofort wieder auf, denn in meiner Vorstellung war Texas vor allem die Chance auf ein Honky Tonk voller bärtiger Leute mit Hut und Colt, die die ersten Akkorde von *La Grange* von ZZ Top spielten. Es gibt Plätze auf der Welt, die nichts weiter als imaginäre Orte in einer Reihe von Musik-Videos sind und erst dann real werden – hyperreal sozusagen –, wenn man sie besucht und dort die Musik hört, die man seit Jahren mit ihnen verbindet.

Am ersten Morgen nach meiner Ankunft in Austin hatte ich schon das Netz durchforstet und einen persönlichen Stadtplan der einheimischen Vergnügungsstätten erstellt, hatte die lokalen Honky Tonks ausgemacht und mich – und das ist das Beste daran – von einer unbekannten Macht (vermutlich dem namenlosen Schutzgeist der Honky Tonks, der darüber wacht, dass auch die Neulinge einen Tanzpartner finden) verleiten lassen, dich bei diesem ersten Frühstück für die Sache des Honky Tonk zu gewinnen. Du solltest die Frau aus der dritten Strophe von *Honky Tonk Women* werden, jener Strophe, die Mick und Keith nie geschrieben haben, die sie aber bestimmt dranhängen würden, hätten sie uns an jenem Abend tanzen gesehen. Diese Strophe lautete folgendermaßen:

I saw this married lady in Austin, Texas,
And asked her if she'd join me for a dance.
She had to teach me how to move my body,
She held my waist and then she stole my heart.

Man kann berühmte Museen, große Parks und Sehenswürdigkeiten einer Stadt besuchen, aber ein Lied zu besuchen und mit der gleichen Leichtigkeit in es einzutauchen, mit der Mary Poppins in ein Kreidebild auf dem Bürgersteig eintaucht, war etwas, das ich noch nie zuvor getan hatte – und du wahrscheinlich auch nicht. Doch genau das taten wir an jedem Abend, den wir im *White Horse* verbrachten, vor allem aber an dem Abend, den ich in meiner kleinen Zeichnung festgehalten habe, dem Abend, an dem wir verkleidet dorthin gingen.

Kaum war ich in *Honky Tonk Women* eingetaucht, erschien mir alles merkwürdig vertraut, so, wie es einem ergeht, wenn man zum ersten Mal ein Museum besucht, dessen berühmte Werke man schon hundertmal in Büchern gesehen hat. Erinnerst du dich noch daran, wie das *White Horse* aussah? Kein Architekt hätte sich so etwas ausdenken können, sagtest du lachend, denn etwas dermaßen Krummes und Schiefes könnte man niemals am Reißbrett entwerfen.

Von außen sieht man eine Holzhütte mit einem von Glühbirnen schwach erleuchteten Schild, auf dem in großen Lettern in Wildwestschrift THE WHITE HORSE steht. Auf dem Brachgelände davor parken Pick-ups, und die schmale Eingangstür wird von einem dieser Kerle bewacht, die es schaffen, gleichzeitig schwammig und muskulös, kahl und bezopft, lächerlich und furchteinflößend auszusehen – ein Typ Mann, wie sie nur das tiefste Amerika und ein paar osteuropäische Länder hervorbringen. Drinnen ist es ziemlich dunkel, zwei, drei runde Tische säumen eine Tanzfläche mit holprigem Dielenboden, auf der Paare jeder Art und jeden Alters umeinanderkreisen wie Planeten im Schnelldurchlauf, und in der hinteren Ecke gibt es eine kleine, mit rotem Kunstsamt verkleidete und mit Spiegeln ausgestattete Bühne, auf der die langbärtige Country-Rock-Band mit Kontrabass und Slide-Guitar den lebhaften Viervierteltakt des Two-Step spielt. Bei den Toiletten, neben einem dieser Zigarettenautomaten aus analogen Zeiten, der funktioniert, für den aber niemand zuständig zu sein scheint, wenn er deine Münzen schluckt, lässt sich eine Tür erahnen, und durch sie gelangt man in einen Raum, der zwischen Tanzfläche und Innenhof liegt und in dem man rauchen darf, in dem alle rauchen und man sofort Lust bekommt, wieder mit dem Rauchen anzufangen. Du jedenfalls fingst dort tatsächlich wieder damit an, und auch ich rauchte ein paar altmodische Menthol-Zigaretten. Das hier zählt nicht, sagtest du, alles, was hier passiert, könnte nirgendwo anders passieren. In diesem Raum hinter dem Zigarettenautomaten gibt es einen Billardtisch, der immer belegt ist, und einen Stuhl, der auf einem Podest thront und vor dem ein Schuhputzer Stammgästen und ausländischen Neulingen wie uns die spitz zulaufenden Cowboystiefel glänzend wienert, obwohl unsere wenige Stunden zuvor gekauften Stiefel das gar nicht nötig gehabt hätten. Aber das war egal, was zählte, war, auf dem Thron Platz zu nehmen und von dort oben mit einem Whisky in der Hand auf dieses seltsame Königreich hinunterzublicken.

Dem Schuhputzstuhl gegenüber stand ein klappriges, verstimmtes altes Wandklavier, bei dem mehrere Tasten klemmten. Ein handgeschriebenes Schild hing darüber und forderte auf: *Please play me*. Die Leute, die sich spontan daran setzten, gaben mehr oder weniger kunstvoll irgendwelche Gassenhauer zum Besten, manchmal begleitet von einer Gruppe von Sängern, die sich spontan zusammenfanden, bis irgendjemand anderes seinen Platz an den Tasten einforderte. Du wolltest mich auf die Probe stellen, jetzt werden wir ja sehen, ob du ein Hochstapler bist oder nicht, sagtest du, und ich wandte ein, ich hätte seit Jahren nicht mehr gespielt. Alter Lügner, hast du gerufen und dein Glas in die Luft gestoßen, dass der Whisky nur so überschwappte, du hast mir erzählt, dass du jetzt, wo deine Tochter Klavierunterricht hat, auch wieder angefangen hast zu spielen, und ich entgegnete, das hätte ich nur gesagt, um mich interessant zu machen und damit du mich noch mehr liebst.

Leute wie ich, erklärte ich dir, die erst als Teenager ein Instrument erlernten, taten das nur, um Mädchen abzuschleppen und einen Drink zu schnorren, weil wir herausgefunden hatten, dass man leichter jemanden ins Bett bekam, wenn man in einer Band spielte, und außerdem öfter etwas spendiert bekam, aber eigentlich konnte ich gar nicht richtig spielen, und das Ganze würde in einer Katastrophe enden, und man würde uns mit Fußtritten davonjagen. Solten sie uns doch rausschmeißen, wenn du jetzt nicht spielst, schläfst du heute Nacht in deinem eigenen Bett, sagtest du, und dass du das unbändige Verlangen hättest, laut zu singen und zu grölen, um den ganzen Alkohol loszuwerden.

Also stellte ich mich neben das Klavier und schloss mich jedem Chor an, während ich darauf wartete, dass die Reihe an mich kam, sang *Imagine* und *Blue Moon*, bis ich endlich nervös am Klavier Platz nahm, versuchte, mich zu erinnern, wie es ging, ein paar Akkorde mussten genügen, irgendetwas Einfaches, mexikanische Rancheras eignen sich ausgezeichnet zum Grölen, sagte ich zu dir, und außerdem sind sie leicht zu spielen, für die Grundversion einer Ranchera braucht man nur vier Akkorde. Wie wäre es mit *Volver*, schlugst du vor, und ich sagte, das sei für den Anfang zu unanständig, dafür hätte ich noch nicht genug getrunken, und du sagtest, in dieser Spelunke werden sie begeistert sein über etwas Unanständiges, wo, wenn nicht hier, und dann sagtest du mir noch mal den Text auf, flößtest mir den restlichen Whisky ein, gabst mir einen Kuss, zündetest eine Zigarette für mich an, und als ich auf die Tasten eindrosch, sangst du aus voller Kehle *Los y volver, volver, vooooolver, a tus brazos otra vez, llegaré hasta donde estés, yo sé perder, yo sé perder, quiero volver, volver, volver,* und beim zweiten Refrain versuchte ich, ebenso laut zu grölen wie du, und zwei Mexikaner, die unter den Gästen waren, stimmten mit ein.

Im *White Horse* ist man allerhand gewöhnt, aber bei unserer Vorstellung kam der schwammige Muskelprotz, der die Tür bewachte, herein, um nachzusehen, ob gesungen wurde oder ob es Probleme gab, *It's alright, it's just a Mexican song, that's how you sing it*, sagtest du, und er zog eine Grimasse, die man sowohl als Zustimmung wie auch als *Ausnahmsweise-lasse-ich-dich-am-Leben* interpretieren konnte. Mit einem mexikanischen Lied kann man an einem Ort wie diesem nichts falsch machen, sagtest du zu mir, die Grenze ist gleich um die Ecke, und die Hälfte der Bevölkerung sind Mexikaner, und überhaupt: Wer hätte es nach diesem Gebrüll gewagt, sich mit dir anzulegen, unsere Geschichte ist eine Grenzballade, sagtest du, zwei ehebrecherische Liebende auf der Flucht, jedes Mal, wenn ich mit der Hand an meinen Gürtel fasste, vermisste ich die Pistole, die dort hätte sein sollen, wir bestellten noch mehr Whisky, wir hätten es wirklich verdient, dass man ein Lied über uns schrieb, eine Ranchera oder einen Countrysong, *The Ballad of Camila & Luis.* Wir waren das, von dem ich mir als Teenager vorgestellt hatte, dass es Abend für Abend in einem Honky Tonk geschah, auch wenn es gefährlich ist, sich einen Jugendtraum zu erfüllen, wenn man schon die ersten grauen Haare hat.

11

Die vorletzten Tage sind die besten. Sie sind frei von der Tragik, der letzte Abend vor dem Abschied zu sein, das Vorzimmer einer langen Trennung. Man küsst, isst, liebt und plaudert noch ohne den Ernst und die Trauer des letzten Mals, der Blick ist noch nicht glasig von dem Bemühen, die Tränen zurückzuhalten, die tags darauf fließen werden. Als wir auf dein Bett sanken, war uns bewusst, dass uns noch ein ganzer weiterer Tag samt der dazugehörigen Nacht blieb. Betrunken, wie wir waren, liebten wir uns, ohne die Cowboykleidung auszuziehen und dann noch einmal nackt. Schließlich schliefen wir Arm in Arm ein, in dieser perfekten Position, die nur Verliebte finden und in der man sich nahtlos ineinanderschmiegt, ohne dem anderen die Blutzufuhr der Extremitäten abzuschnüren. Wann bist du zuletzt so mit jemandem eingeschlafen? Mit jemand anderem als deinem Kind, meine ich. Die Welt des Schlafs ist ein einsamer Ort, wenn wir uns an ihren Pforten verabschieden, sind wir allein, so eng umschlungen wir auch schlafen mögen. Mit jemandem ins Bett zu gehen, ist nicht schwer. Schwer ist es, neben jemandem aufzuwachen, festzustellen, dass das Leben wieder begonnen hat, die Sonne wieder aufgegangen ist, ein neuer Tag vor dir liegt und diese Person immer noch da ist, an deiner Seite, in deinem Bett oder du in ihrem Bett oder ihr in eurem gemeinsamen Bett oder in einem Bett, das keinem von euch gehört. Aber wie auch immer: Die wahre Feuerprobe ist die Stunde, in der man gemeinsam erwacht.

Ich weiß noch, wie es war, in einem fremden Bett aufzuwachen und mir zu wünschen, ich könnte einfach aufstehen und mich davonstehlen, bevor die Frau neben mir ebenfalls erwachte. Waren wir in meiner Junggesellenbude gelandet, stellte ich mich schlafend, in der Hoffnung, die Frau, die ich am Abend zuvor kennengelernt hatte und jetzt einfach nur noch loswerden wollte, würde die Botschaft verstehen und verschwinden, und um sie endgültig dazu zu bewegen, übertrieb ich es gnadenlos mit dem Schnarchen und grunzte wie ein Schwein. Denn wenn die Sonne aufgeht, ist nichts mehr, wie es war, man registriert voller Enttäuschung die schlafverklebten Augen, die verschwitzten Achselhöhlen, den morgendlichen Mundgeruch und die schmutzige Unterwäsche. Mit dir war es anders, als ich erwachte, war alles wie zuvor, der Zauber war nicht verflogen, dein Duft war immer noch der gleiche, und deine Haut und deine Haare erschienen mir noch genauso verführerisch wie am Vorabend, nur mich erfüllte eine Mischung aus Begehren und der Angst, du könntest mich abstoßend finden, wenn du deinerseits erwachtest, so beschränkt, wenig attraktiv und langweilig fühlte ich mich angesichts eines neuen Tages, an dem ich fürchtete, dir nichts Neues mehr bieten zu können.

In dem Leben, in das ich jetzt zurückkehre, ist es genauso schwer, neben jemandem aufzuwachen, festzustellen, dass alles noch dort ist, wo man es am Abend zuvor zurückgelassen hat, nicht zu wissen, ob es ein Tag früher oder später ist, deine Partnerin ohne jedes Begehren zu betrachten, nur um herauszufinden, wie sie wohl gelaunt sein wird, wenn sie erwacht, so, wie man ans Fenster tritt, um nachzusehen, wie das Wetter wird. Noch bevor wir das erste Wort gewechselt haben, in den Minuten, in denen man sich innerlich aufs Aufstehen vorbereitet, überlege ich mir, was mich an diesem Tag an Schönem erwartet, und wenn es nichts gibt, denke ich mir schnell etwas aus, sage mir, ich könnte heute in dieser oder jener Bar zu Mittag essen, diesen oder jenen Freund anrufen, den Tank eines meiner Motorräder lackieren oder den Kindern ein bestimmtes Lied vorspielen, wenn sie aufwachen. Ja, Camila, so ist dieser Augenblick: Du musst dir blitzschnell einen guten Grund einfallen lassen, um aufzustehen, weil es niemanden mehr gibt, der dir diesen Grund liefert, und wenn du ihn nach ein paar Minuten nicht gefunden hast, startest du ohne jede Motivation in den Tag, und dann ist er unrettbar verloren, dein Alltag läuft wie ein Räderwerk, das dich abends wieder ins Bett befördert, und am nächsten Morgen erwachst du wieder in demselben Bett, mit demselben Menschen neben dir, der wieder nicht dafür sorgen kann, dass du mit einer Freude aufstehst, die du nicht in dir selbst erzeugen konntest.

Das war das Erstaunlichste am Zusammensein mit dir: aufzuwachen und zu sehen, dass du immer noch da warst, sich davon zu überzeugen, dass auch der Schlaf nichts daran geändert hatte, dass du bei mir warst, dass deine sommersprossige Brust sich immer noch neben mir hob und senkte und dass auch ich noch neben dir lag, dass sich unter uns immer noch ein Bett befand, dass das Hotel immer noch ein Hotel war und hinter den Fensterscheiben immer noch Austin lag, dass ich immer noch das Gleiche empfand wie am Abend, als ich dir beim Einschlafen zugesehen hatte, und ich mich nur fragte, ob deine schwarzen Augen, wenn du sie aufschlugst, mich noch genauso ansehen würden wie zuvor. Ich wartete gespannt und mit großer Vorfreude darauf, was du beim Aufwachen als Erstes tun würdest. Würdest du mich umarmen und dann noch ein wenig weiterdösen, oder würdest du mich schweigend mustern, bevor einer von uns beiden etwas sagte? Was wären deine ersten Worte? Oder würde ich als Erster den Mund aufmachen? Würdest du mir deinen Traum erzählen, wie du es nach der Siesta getan hattest, oder würdest du mir langsam und genüsslich das Frühstück schildern, das du mir zubereiten würdest, wenn wir in Mexiko wären? Das hattest du am Morgen zuvor getan, mir war das Wasser im Munde zusammengelaufen, und als ich mich beschwerte, du würdest mich wahren Tantalosqualen aussetzen, hattest du meinen Protest wie bei der Ranchera mit Küssen erstickt, und so waren unzählige Stunden vergangen. Uns drängte nichts, das Bett zu verlassen, und so machten wir uns, ohne uns den Schlaf aus den Augen zu reiben, an Ort und Stelle an die Tagesplanung, anstatt zu warten, bis wir geduscht, parfümiert und zurechtgemacht waren. Als wir dann irgendwann doch aufgestanden waren, freute ich mich darüber, zusehen zu dürfen, welche Frisur du dir machen und was du anziehen würdest, was für ein neues Accessoire oder unbekanntes Kleidungsstück du aus deinem Koffer hervorzaubern würdest.

Ich verlange ja gar nicht, dass das Leben jeden Morgen so sein soll, ich weiß sehr wohl, dass dieses lange gemeinsame Im-Bett-Bleiben am Morgen nicht von Dauer ist, aber du hast mir in Erinnerung gerufen, dass ich das mit Paula auch mal hatte. Und nun, nachdem ich es noch einmal erlebt habe, fällt es mir umso schwerer, in ein Leben zurückzukehren, wo es nie wieder so sein wird. Ich wiederhole:

Unsere Abmachung war gut, Camila. Vier Tage im Jahr. Andererseits war es vielleicht eine kluge Entscheidung, den Schlussstrich genau in diesem Moment und auf die Art und Weise zu ziehen, wie du es getan hast. Ich will nicht mit dir darüber diskutieren, ich will mich nicht beklagen, wir haben unsere Affäre aus freien Stücken begonnen und werden sie aus freien Stücken beenden. Nur in der Ehe haben wir den hartnäckigen Ehrgeiz, dass uns weder Überdruss noch das Schwinden der Liebe trennen können, sondern einzig und allein der Tod. Liebende sind so lange zusammen, bis Angst, Schuld, Vernunft, Drohung oder Zweckmäßigkeit sie trennen, die ganze Welt hat sich gegen sie verschworen, aber was sie am Ende mit an Sicherheit grenzender Wahrscheinlichkeit auseinanderbringt, ist der Überdruss, das Ganze ist aus und vorbei, *when the thrill is gone* und nichts mehr so ist wie früher.

Glaubst du nicht, es wäre das Vernünftigste, beim Eheversprechen das Wort »Tod« durch das Wort »Überdruss« zu ersetzen? Die Welt wäre heiterer, vor allem aber verständlicher und verständnisvoller. Denk nur, wie anders die Sache aussähe, wenn man vor dem Altar die Worte spräche: »Ich will dich lieben, achten und ehren alle Tage meines Lebens, in guten und in schlechten Tagen, in Gesundheit und

Krankheit, bis dass der Überdruss uns scheidet.« In Wirklichkeit trennt uns nämlich der Tod nicht, sondern vereint uns noch mehr. Kein Mensch liebt seinen Lebenspartner mehr und fühlt sich ihm enger verbunden als nach dessen Tod. Ich sehe das bei meiner seit vierzig Jahren verwitweten Großmutter, in deren Augen kein Mann im Vergleich mit ihrem verstorbenen Gatten bestehen kann, und ich sehe es bei meiner Cousine María, deren schrecklicher Ehemann seit mehr als zwei Jahren hirntot ist und den sie seitdem mehr liebt als je zuvor. Sie denkt nur an ihn und schafft es nicht, die Geräte abschalten zu lassen und ein neues Leben anzufangen. Früher hat sie ihn nicht ertragen, jetzt liebt sie ihn heiß und innig. Was uns am Ende trennt (abgesehen von Spielsucht, Alkoholismus, Misshandlung, Verwahrlosung, Verschwendungssucht oder plötzlich auftretender Fettleibigkeit, um nur ein paar Beispiele zu nennen), ist normalerweise der Überdruss und nie der Tod. Der Überdruss, der daraus entsteht, dass sich alles, was dir an deinem Partner auf die Nerven geht, und alles, was deinem Partner an dir auf die Nerven geht, ständig wiederholt, weil niemand es schafft, sich zu ändern, und nichts Neues als Gegengewicht für all das dazukommt, von dem wir schon wissen, dass es morgen wieder geschehen und uns wieder auf die Nerven gehen wird. Manchmal ist es nicht mehr als das glucksende Geräusch, das der andere beim Wassertrinken von sich gibt, seine Angewohnheit, die Weinflasche stehend statt liegend aufzubewahren, wie es sich gehört, sein geräuschvolles Schnäuzen vor dem Schlafengehen, seine Unachtsamkeit beim Bettenmachen, sodass die Überdecke auf einer Seite mehr herunterhängt als auf der anderen, oder die Gewissheit, dass er dich spätestens beim dritten Stück bitten wird, die Musik leiser zu stellen, wenn du eine Platte hörst, für die er gerade nicht in der Stimmung ist, während sie deiner Stimmung genau entspricht – kurz gesagt, jedes dieser minimalen Ärgernisse, die unseren Alltag beherrschen wie ein tropfender Wasserhahn, der nie zu einer Überschwemmung führen wird, aber dir die Ruhe raubt, weil du das unerbittliche, wahnsinnig machende Tropfgeräusch einfach nicht mehr hören kannst.

Und damit endet meine kleine Bildreportage, die ich dir versprochen hatte, die Chronik unserer Geschichte. Damit habe ich meine Pflicht erfüllt, und an diesem Punkt angelangt, glaube ich, dass wir es, wie du vorgeschlagen hast, einfach in Erinnerung behalten können. Und dennoch: Unsere Geschichte muss erzählt werden, damit etwas bleibt, an dem wir uns festhalten können, sonst würde sie allmählich in Vergessenheit geraten, und Vergessen hieße, sich für das Nichts zu entscheiden. Das schreibt Faulkner in einem anderen Brief, den ich anfangs erwähnt habe, dem Brief, der mich von allen am meisten beeindruckt und mich zu meinem eigenen Brief inspiriert hat. Dieser Brief entstand Jahre nach den beiden Briefen aus Faulkners Anfangszeit seiner Affäre mit Meta, die ich hier für dich abgeschrieben habe. Auf diese ersten Briefe folgen zunächst noch viele weitere, heiß, voller hoffnungsvoller Fantasien, voller Verlangen, Liebeserklärungen und *tomorrow tomorrow tomorrow*, dann wird der Ton kälter, die lyrischen Ergüsse werden kürzer und die praktischen Anweisungen zur Logistik der Affäre länger, bis die Briefe zuletzt eher Instruktionen gleichen (ich bin dann und dann da und da, komm zu mir, ich bezahle dir die Fahrkarte, schreib mir an diese Adresse). Der Brief, den ich meine, stammt aus der Zeit, in der sich schon das Ende der Beziehung abzeichnet und Faulkners Briefe wieder mehr wie Briefe klingen – ohne die leidenschaftliche Hoffnung auf neue Lustbarkeiten, sondern in einem eher ruhigen Ton gehalten, der erkennen lässt, dass sie aus einer resignierten Distanz in Dankbarkeit und Nostalgie geschrieben wurden. Hier folgt der Brief. Die Adresszeile lässt erkennen, dass Meta mittlerweile anders heißt und eine Mrs. ist. Sie hat geheiratet.

Friday.

Are you still there? I have two books for you, when I know where to send them.

They had what they call the 'world premiere' of MGM's INtruder in the Dust here this week. I thought it was a very fine job; wished I had been Clarencee Brown, who made it.

I dream of you quite often. At first I thought too often, dreaded sleep sometimes, or waking. But now it is not so grievesome. I mean, no less grievesome, but I know now grief is the inevictable part of it, the thing which makes it cohere; that grief is the only thing you are capable of sustaining, keeping; that what is valuable is what you have lost, since then you ~~never had~~ the chance to wear out and so lose it shabbily, Darby and Joan to the contrary. And, as a character of mine said, who had lost hi s heart his love by death: 'Between grief and nothing, I will take grief.' I know that's true now, even though for a while after September in 1942 and again after July in 1943, I believed different.

Give my best to Sally and John. I'll send the books when I know where.

Bill

Bist du noch da? Ich habe zwei Bücher für dich, die ich dir schicken werde, wenn ich weiß, wohin.

Hier fand diese Woche die sogenannte »Weltpremiere« der MGM-Produktion *Intruder in the Dust* statt. Mir erschien der Film ziemlich gelungen; ich wäre gerne Clarence Brown gewesen, der ihn gedreht hat.

Ich träume oft von dir. Anfangs dachte ich, zu oft, manchmal fürchtete ich mich vor dem Einschlafen oder vor dem Aufwachen. Aber inzwischen ist es nicht mehr so schmerzhaft. Ich meine, es ist nicht weniger schmerzhaft, aber jetzt weiß ich, dass Schmerz unvermeidlich dazugehört, dass er alles zusammenhält; dass Schmerz das Einzige ist, was man erhalten und bewahren kann; dass das kostbar ist, was man verloren hat, weil man so nicht die Möglichkeit hatte, seiner müde zu werden und es so zu verlieren (abzunutzen). Darby und Joan sind das Gegenbeispiel dafür. Und, wie einer meiner Protagonisten sagte, der sein Herz, seine Liebe durch den Tod verlor: »Wenn ich die Wahl habe zwischen dem Nichts und dem Schmerz, dann wähle ich den Schmerz.« Ich weiß jetzt, dass es stimmt, auch wenn ich eine Zeitlang, nach September 1942 und dann wieder nach Juli 1943, das Gegenteil glaubte.

Grüß Sally und John von mir. Ich schicke dir die Bücher, wenn ich weiß, wohin.

Bill

Ich lese diesen Brief wie eine Vorhersage, in ihm steht das, was mich vermutlich von jetzt an erwartet (*I dream of you quite often ... dreaded sleep sometimes, or waking*). Bill schreibt ihn 1949 an Meta, knapp fünfzehn Jahre, nachdem sie sich kennengelernt hatten. Zwischen diesem Brief und seinem Vorgänger liegen drei Jahre. Ich weiß nicht, ob sie in diesen drei Jahren voneinander hörten, aber im Archiv finden sich zwischen 1946 und 1949 keine weiteren Briefe, und der erste Satz – *Are you still there?* –, lässt vermuten, dass es drei Jahre langen Schweigens waren. Auch die Lektüre des letzten Briefs vor dieser Phase der Funkstille legt die Vermutung nahe. Es ist eine knappe, kühle Notiz, die sich auf praktische Anweisungen für ein Treffen beschränkt. In der letzten Zeile heißt es *Let me know your intinerary, dates, etc. I will see what can be done*. Der Satz *Ich werde sehen, was sich machen lässt* klingt eher zögerlich, ganz anders als der überzeugte Tonfall des leidenschaftlich verliebten Mannes, der Jahre zuvor *tomorrow tomorrow tomorrow* schrieb. Mein einziger Trost in meiner jetzigen Verfassung ist, diesen kühlen Brief – *I will see what can be done* – mehrmals zu lesen und als Warnung vor dem zu verstehen, was uns erwartet hätte, wenn wir unsere Affäre noch ein paar Jahre fortgeführt hätten. So bleibt uns der Tag erspart, an dem einer von uns beiden dem anderen eine knappe Nachricht wie diese geschickt hätte: *Wenn du gehst, sag mir, wann und wohin, und ich werde sehen, was sich machen lässt.* In deiner Weisheit hast du erkannt, dass der Schmerz, den wir jetzt empfinden, die bessere Wahl ist.

Jahre später folgt dann der Brief, der mit der Frage *Are you still there?* beginnt. Vermutlich meint er damit, ob sie noch unter dieser Adresse zu erreichen ist, in den USA ziehen die Leute ständig um, und wenn man im vordigitalen Zeitalter nicht mitbekam, wohin jemand zog, verschwand er möglicherweise für immer aus deinem Leben. Aber Meta wohnte immer noch da, auch wenn wir ihre Antwort nicht kennen, weil Faulkner, wie ich in einem anderen seiner Briefe las, ihre Korrespondenz vernichtete, damit sie nicht gefunden werden konnte. Meta hingegen bewahrte seine Briefe mit der Gründlichkeit einer Archivarin auf.

In dem Brief zitiert Bill seinen Helden aus *Wilde Palmen*, der sich, vor die Wahl zwischen dem Nichts und dem Schmerz gestellt, für den Schmerz entscheidet (*between grief and nothing, I will take grief …*

Ich bin mir nicht sicher, ob man *grief* mit Schmerz oder eher mit Kummer übersetzen sollte, entscheide du). Um Meta die Lektüre des Buches zu ersparen, fasst Bill es in zwei Sätzen zusammen, und es sind diese beiden Sätze, die mich tief berühren, nachdem ich dich kurz gekannt und dann verloren habe. Endlich verstehe ich diesen Roman, ich empfinde ihn am eigenen Leib. Ich musste erst diese Erfahrung machen, ich erkenne mich selbst, wenn ich in diesem Brief lese: *Jetzt weiß ich, dass der Schmerz ein unvermeidlicher Teil davon ist, das, was das Ganze zusammenhält; dass Schmerz das Einzige ist, was man erhalten und bewahren kann; dass das kostbar ist, was man verloren hat, weil man so nicht die Möglichkeit hatte, seiner müde zu werden und es zu verlieren (abzunutzen).* Du hast mir die Abnutzung und die Müdigkeit erspart, und mir bleibt dieser sehr reale, körperliche Schmerz als unwiderlegbarer Beweis für alles, was du mir gegeben hast, und ich glaube, das entschädigt mich, und ich nehme ihn mit Freuden in mich auf.

Ich liebe dich, Camila, ich liebe dich sehr. Adiós, adiós, adiós.

Luis

Luis an Paula

NYC
Juni 2019

Liebe Paula,

heute habe ich mich gefragt, wann ich dir zuletzt einen Brief geschrieben habe. Im Grunde genommen weiß ich gar nicht mehr, wann ich überhaupt zuletzt einen Brief von Hand geschrieben habe. Die Korrespondenz per E-Mail hat dem Briefverkehr den Garaus gemacht, ohne ihn zu ersetzen. Eine Mail lässt sich nicht mit einem handgeschriebenen Brief vergleichen. Der erste große Unterschied ist, dass der Brief, nachdem man ihn abgeschickt hat, für einen selbst verloren ist und damit unter Umständen auch die Erinnerung daran, was darin stand, was man erzählt und gefragt hat: Ein Brief wird zu einem Dokument, das in den Besitz eines anderen Menschen übergeht. Bei einer Mail hingegen bleibt einem im Postfach »Gesendet« immer eine Kopie erhalten. Der andere große Unterschied ist die Zeitspanne, die zwischen dem Versenden der Nachricht und der Antwort liegt; man weiß nie, wie lang sie ist, aber für unsere heutige Ungeduld ist sie oft zu lang. Einem Brief gesteht man eine gewisse Zeit fürs Schreiben, Absenden, Empfangen und die Antwort zu. In ihm behandelt man üblicherweise keine dringlichen Fragen, sondern Themen, die eine gründliche, sorgfältig formulierte Antwort erfordern, die ausführlich genug ist, um dem Empfänger genug zu geben, bis der nächste Brief kommt. Wir erwarten vom Briefeschreiber, dass er uns berichtet, wie es ihm ergangen ist, wie es ihm geht und was er in nächster Zukunft vorhat. Kurz gesagt, er soll uns auf den neuesten Stand bringen, uns erzählen, was in seinem Leben passiert. Etwas, was wir ihm nie verzeihen würden, wenn er es uns ausführlich in einer E-Mail darlegte.

Ich will dir einen Brief schreiben, um dir aus meinem Leben zu berichten und zu fragen, was in deinem Leben passiert, so, wie man das früher gemacht hat, wenn man weit weg voneinander war. Und ich bin weit weg von dir. Sehr weit weg. Hier in New York, wo ich gerade einen Zwischenstopp mache, habe ich das Gefühl, dass die achttausend Kilometer, die uns trennen, und die sieben Stunden Zeitunterschied zwischen Madrid und New York endlich der Distanz entsprechen, die in letzter Zeit zwischen uns herrscht. Aber in den letzten Tagen ist etwas passiert, das mich dir unerwarteterweise nähergebracht, ja, man könnte sagen, zu dir teleportiert hat, sodass ich mich dir plötzlich näher fühle als in den ganzen letzten Jahren.

Während meines Aufenthalts in Austin habe ich das Harry Ransom Center besucht, ein geisteswissenschaftliches Institut, das an die Universität von Texas angeschlossen ist. Obwohl es eines der größten Literaturarchive weltweit ist, kennt es kaum jemand, ich würde behaupten, nicht einmal du. Dir wäre dort der Schädel geplatzt; tatsächlich habe ich mir überlegt, ob wir uns nicht nächstes Jahr – vorausgesetzt, dass sie mich bei der Zeitung noch nicht rausgeschmissen haben und immer noch bereit sind, mir die Reise zu diesem Kongress zu bezahlen – den Luxus leisten sollten, dass du mich nach Austin begleitest. Und sollten sie mich bis dahin entlassen haben, versuchen wir, trotzdem hinzufahren, es lohnt sich. Es heißt, in dem Archiv fänden sich mehrere Millionen Dokumente. Die Liste der Schriftsteller, Philosophen und Dichter, deren Schriften auf unerklärliche Weise mitten in Texas gelandet sind, ist endlos. Ursprünglich wollte ich mir dort die Notizbücher von Bob Woodward ansehen, dem Watergate-Journalisten, wollte Nachforschungen über seine Nachforschungen anstellen und eine Reportage über seine Reportage schreiben, oder, um es mit deinen Worten zu sagen, »eine dieser metajournalistischen Geschichten, die ihr in letzter Zeit so gern veröffentlicht, um euch selbst auf die Schulter zu klopfen und die Leser zu überzeugen, wie wahnsinnig wichtig der Investigativ-Journalismus ist und dass sie zur Rettung der Demokratie beitragen, wenn sie eure Zeitung abonnieren und euch lesen dürfen«.

Offen gestanden, habe ich diesem Urteil nichts entgegenzusetzen. Jedenfalls stieß ich in diesem Archiv auf eine lange Liste von Dokumenten und stellte fest, dass sich darunter auch einige Kisten mit Manuskripten deines Lieblingsschriftstellers Mr. William Faulkner befanden – oder einfach Bill, für alle, die das Privileg hatten, ihn wie ich näher kennenzulernen. Wenn du einverstanden bist, werde ich ihn also von nun an Bill nennen. Ich bestellte ein paar dieser Dokumente in den Lesesaal, um sie für dich abzufotografieren und dir zu schicken, zum Beweis, dass ich selbst in der Ferne nicht vergessen habe, womit man dir eine Freude machen kann. Hier rücken sie Originalmanuskripte so unbesorgt raus wie in unserer Stadtteilbibliothek die Bücher. Natürlich darf man die Materialien nicht mit rausnehmen, aber man bekommt einen Tisch zugewiesen, an dem man sich so lange mit ihnen beschäftigen kann, wie man Lust hat, und wenn man einen Wisch unterschreibt, dass man das Material nirgendwo veröffentlichen wird, darf man sogar Fotos davon machen. Fotos, die ich mit dir teilen möchte, und die du, wie du jetzt weißt, mit niemand anderem teilen darfst: *Don't mess with Texas.*

Ich hatte eigentlich nicht vor, mich länger als ein paar Minuten mit Faulkners Papieren zu beschäftigen. Nachdem ich sie abfotografiert und dir mit einem lieben Gruß geschickt hätte, wollte ich mich den Watergate-Papieren zuwenden. Der Kongress war ziemlich intensiv und ließ uns kaum Zeit für anderes. Aber dann stieß ich unter Faulkners Papieren auf einen Ordner mit den Briefen an seine Geliebte, eine gewisse Meta Carpenter. Und die Entdeckung dieser Briefe brachte mich völlig unerwartet dazu, meine Pläne über den Haufen zu werfen und mich mit etwas ganz anderem zu beschäftigen. Ich kehrte nicht mehr zu dem Kongress zurück und sah mir auch die Watergate-Papiere gar nicht mehr an. Und ich glaube, ich werde Mühe haben, einen Zug zu finden, der mich von dem Ort zurückbringt, an den mich die Briefe versetzt haben.

Ich weiß noch nicht, wovon die Reportage, die ich für die Zeitung abliefern soll, letztendlich handeln wird, und das ist allein deine Schuld: Bei der Arbeit werde ich erzählen, dass ich nur deinetwegen diesen Ordner aufgeschlagen habe, der mich in beträchtliche Verwirrung gestürzt hat. Ins Schleudern gebracht wäre vielleicht der treffendere Ausdruck. Stundenlang saß ich im dunklen, stillen Lesesaal des HRC und las unter einer Schreibtischlampe sämtliche Briefe von Bill an Meta, einen nach dem anderen. Den Poststempeln nach zu schließen, erstreckte sich die Korrespondenz über einen Zeitraum von dreißig Jahren, bis kurz vor Bills Tod, und zeichnet das Auf und Ab einer Parallelbeziehung nach, in der er Zuflucht vor dem ehelichen Überdruss fand, den wir beide nur allzu gut kennen. Offenbar führte Faulkner in einem Kaff namens Oxford in Mississippi das Leben eines vornehmen Müßiggängers, und wann immer er Geld (und frische Luft) brauchte, sagte er seiner Frau Adieu und ging nach Los Angeles, um Drehbücher zu schreiben. Es waren reine Auftragsarbeiten, die er innerhalb kürzester Zeit und ohne jede Begeisterung erledigte, um möglichst viele Stunden mit Meta verbringen zu können, Howard Hawks' Sekretärin. Das alles habe ich gerade erst im Internet nachgelesen, du wusstest es vielleicht schon. Die Details interessieren mich nicht besonders, aber nach der Lektüre der Briefe brauchte ich ein wenig Kontext.

Die ersten Briefe zeichnen eine lange, stetige Aufwärtskurve. In ihnen sehen wir, wie ein Mann, dessen Werke ihm schließlich den Nobelpreis einbringen würden, sein gesamtes schriftstellerisches Talent für eine einzige Leserin bemüht. Bill beschreibt ihr, wie sehr er ihrem nächsten Treffen entgegenfiebert, und bittet sie, sich dieses Treffen schon lange, bevor er bei ihr ist, in ihrer Fantasie auszumalen, mithilfe der Sprache würdigt er die Zeit, die ihm außerhalb seines Ehealltags vergönnt ist, diese Tage, in denen plötzlich sämtliche Spiele der Liebe wieder möglich zu sein scheinen.

Viele der Briefe sind maschinengeschrieben und nur eine Seite lang. Ich habe sie innerhalb weniger Stunden mit dem gleichen Bedauern verschlungen, das mich packt, wenn ich sehe, wie eine Flasche mit einem ausgezeichneten und teuren Wein zur Neige geht, den ich vielleicht nie wieder zu trinken bekomme. Zum Glück blieben mir noch Faulkners handschriftliche Briefe, die beinahe unleserlich sind, der Kerl hat seine eigene Variante des lateinischen Alphabets erfunden, und die Hälfte der Buchstaben muss man erraten. Ich habe sie abfotografiert und mir einen ganzen Nachmittag in einer Cocktailbar mit Innenhof, wo man Zigarren rauchen kann, gegönnt, um sie zu entziffern. Die Bar heißt *Weather Up* und liegt in einer alten weißen Villa in einem Vorort von Austin. Mit ihrer hölzernen Veranda, den Schaukelstühlen und dem hübschen, schattenspendenden Nussbaum in der Mitte des Innenhofs sieht sie genauso aus wie das Haus mit dem frisch gebackenen Carrot Cake auf der Fensterbank und dem Serienkiller auf dem Dachboden, das man aus unzähligen Filmen über den Süden der Vereinigten Staaten kennt.

Am Ende kostete mich ein einziger Brief den ganzen Nachmittag, vier peinlich genau abgemessene Whiskys (sie sagten, sie dürften nicht mehr als drei ausschenken, aber mithilfe meines strahlenden Lächelns, das anscheinend bei anderen immer noch verfängt, ergatterte ich einen Extradrink) und zwei scheußliche nicaraguanische Zigarren, die ich an einer Tankstelle erstanden hatte. Ich setzte mich in den Schaukelstuhl, holte mein Notizbuch hervor und machte mich in aller Ruhe daran, den Text zu transkribieren. Dabei stellte ich mir vor, was der Autor dieses Briefes wohl von meinen Mühen gehalten hätte.

Tatsächlich ist es erstaunlich, sich vorzustellen, wie dieser Brief, den jemand an einem Abend des Jahres 1937 voller Sehnsucht an seine Geliebte verfasste, zusammen mit anderen, in anderen Momenten der Sehnsucht verfassten Briefen in einer Schachtel den Tod des Verfassers überdauerte, wie diese Schachtel von der Geliebten an einen Universitätsprofessor verkauft wurde, der ein Faible für Faulkner hatte, wie dieser Professor sie einem Archiv in Texas vermachte und wie diese Schachtel dann schließlich 2019, als sowohl Absender als auch Empfängerin der Briefe schon lange tot waren, zufällig einem Journalisten aus Santander in die Hände fällt, der gerade in Texas ist und eigentlich nur irgendein x-beliebiges Papier von Faulkner abfotografieren will, um es seiner Frau zu schicken und ihr damit eine Freude zu machen (einer Frau, die während ihres Literaturstudiums ihre Liebe zu Faulkner entdeckt hat), wie dieser Mann aus Santander bei genauerer Lektüre plötzlich das Bedürfnis verspürt, die unleserlichen handgeschriebenen Briefe Faulkners an seine Geliebte ins Reine zu schreiben, mehr noch, den Inhalt und die Aussage dieser Briefe zu verstehen und zu erfassen, diesen Moment der Sehnsucht zu bewahren, die Begeisterung, die aus jedem dieser Briefe spricht, wieder aufleben zu lassen, um ein wenig von ihrer Kraft in einen Brief an seine Frau fließen zu lassen. Bei genauerem Nachdenken könnte man fast behaupten, dass Faulkners Brief, den ich im Folgenden mit dir teilen will und den ich aus den Kellern des Archivs habe kommen lassen, um ihn abzuschreiben und dir zu schicken, in letzter Konsequenz an dich adressiert ist.

Ich lege dir ein Foto des Briefes bei, damit du sehen kannst, wie mühsam es war, ihn zu transkribieren. Aber ich würde sagen, noch mühsamer ist es, ihn zu interpretieren. Du wirst sehen: Er ist so geschrieben, dass niemand außer dem Absender und dem Empfänger verstehen kann, um was es geht.

Sunday morning

When you wake and read this, you are to believe that you are still asleep, waiting to wake and remember it's Sunday morning and that soon the phone will ring and they will tell you I am waiting downstairs, for breakfast together and ping pong and then the beach in the sun and wind and much talks that cannot even make sense to anyone but us.

Then (you are still asleep, remember) you will put this one away and you will dress and have breakfast, maybe with Sally and John, and play ping pong with them and dine at the Hill Tavern and return home to music and bed. And your day will be pleasant, and you will get into bed and then you will open the next one, the one for Sunday night; you will have had the pleasant day behind you but it will not have actually been; it will just be that dizzy time between sleeping and waking, because now you will have this second one in your hands and you will open it and then you will wake and I will be there.

Sunday morning

When you wake and read this you are to believe that you are still asleep, waiting to wake and remember it's Sunday morning and that soon the phone will ring and they will tell you I am waiting downstairs, for breakfast together and ping pong and then the hours in the sand and wind and much letters that cannot even make sense to anyone but us.
Then (you are still asleep, remember) you will put this one away and you will dress and have breakfast, maybe with Sally and John, and play ping pong with them and dine at the xxx xxx (?) and return home for music and bed, and your day will be pleasant, and you will get into bed and then you will open the next one. The one for Sunday night; you will have had the pleasant day behind you but it will not have actually been, it will just be that dingy (?) time between sleeping and waking, because now you will have this second one in your hands and you will open it and then you will wake and I will be there.

Ich habe die Stellen, die ich bis zuletzt nicht entziffern konnte und bei denen ich mir nicht sicher bin, ob ich sie richtig transkribiert habe, mit einem Fragezeichen versehen. Dadurch wird der Brief aber nicht unverständlich. Die ersten beiden Wörter, bei denen ich mir nicht sicher bin, beziehen sich eindeutig auf den Namen eines Restaurants, und bei aller Mühe gelingt es mir nicht, etwas anderes zu lesen als *Hall Brau*, ein Name, der keinen Sinn ergibt und den ich im Internet nicht finden konnte, weshalb ich ihn einfach weglasse. Das dritte Wort ist ein Adjektiv, das zum Verständnis des Satzes nicht nötig ist. Es beginnt eindeutig mit einem D, und die beiden letzten Buchstaben scheinen ein G und ein Y zu sein, also habe ich mich entschieden, es als *dingy* zu interpretieren, ein Wort, das zwar ungebräuchlich ist, aber im Satzkontext funktionieren könnte.

Sonntagmorgen

Wenn du aufwachst und diese Zeilen liest, sollst du dir vorstellen, dass du noch schläfst und darauf wartest, aufzuwachen und dich zu erinnern, dass es Sonntagmorgen ist, dass kurz darauf das Telefon klingelt und man dir sagt, ich wartete unten auf dich für ein gemeinsames Frühstück und Ping-Pong und Stunden in Sand und Wind und viele Briefe, die wahrscheinlich niemand außer uns versteht.

Dann (denk dran, dass du immer noch schläfst) wirst du diese Briefe beiseite legen, dich anziehen und frühstücken, vielleicht mit Sally und John, und du wirst mit ihnen Ping-Pong spielen und im xxx xxx zu Abend essen und dann nach Hause zurückkehren, um Musik zu hören und schlafen zu gehen, du hast einen schönen Tag gehabt, und wenn du dann ins Bett gehst, wirst du den nächsten Brief öffnen, den für Sonntagabend; du hattest einen schönen Tag, den es aber gar nicht in Wirklichkeit gab, sondern nur in dieser dunklen (?) Zeit zwischen Schlaf und Erwachen, denn jetzt hältst du diesen zweiten Brief in deinen Händen und öffnest ihn, und dann wirst du aufwachen, und ich werde da sein.

Ich lese diesen Brief und frage mich: Was passiert da? Welches Spiel spielen Bill und Meta? Stundenlang habe ich auf der Veranda des *Weather Up* im Schaukelstuhl über diese Szene nachgegrübelt und versucht, diesen Sonntagmorgen im Februar 1937 zu rekonstruieren. Ein Teil des Briefes beschreibt Dinge, die sich wirklich zugetragen haben. Meta erwacht an einem Sonntagmorgen und findet einen Brief, und kurz nachdem sie ihn gelesen hat, holt

Bill sie ab, um den Tag mit ihr zu verbringen. Ein anderer, wichtiger Teil soll sich in Metas Fantasie abspielen: Bill bittet sie - oder besser gesagt, er weist sie an -, sich nach dem Lesen dieses Briefs vorzustellen, dass sie noch schläft, sie soll sich selbst zusehen, wie sie schläft, bevor sie erwacht, um sich mit ihm zum Frühstück zu treffen, Ping-Pong zu spielen und an den Strand zu gehen. Aber wenn sie aus diesem imaginären Schlaf erwacht, wird nichts von dem passieren, was in Wirklichkeit passiert, sondern es wird ein anderer Sonntag werden, einer, an dem Bill nicht da ist und an dem sie mit anderen Leuten einen schönen Tag hat (ich frage mich, ob Faulkner das Wort *pleasant* ironisch meint, mit der Verachtung des Mannes, der intensive Erfahrungen sucht und sich über das, was einfach nur schön ist, lustig macht). Am Ende dieses Tages geht Meta dann wieder zu Bett, um erneut zu erwachen und festzustellen, dass dieser imaginäre Tag einzig und allein in ihrem vernebelten Geist kurz vor dem Erwachen existierte. Und mehr noch, sie wird auch feststellen, dass Bill gleich kommen wird, um einen Tag mit ihr zu verbringen, der einfach nicht nur schön ist, sondern wildromantisch. Ein Riesenkuddelmuddel, und wenn du da nicht durchblickst, ist das nicht deine Schuld.

Bill, der weiß, dass er sich an diesem Morgen mit Meta treffen wird, bittet sie, sich beim Aufwachen vorzustellen, dass sie schläft und in ihrem Traum wieder aufwacht, um zu erkennen, dass das, was sie geträumt hat, als sie dachte, sie träume, nicht stimmte. Es ist eine reichlich vertrackte Bitte, und ich vermute, sie ist Teil eines ausgeklügelten Spiels, das die beiden schon eine ganze Weile spielen und das mit den Briefen zusammenhängt, die sie sich ständig schicken – *viele Briefe, die wahrscheinlich niemand außer uns versteht.* Wahrscheinlich sind es Briefe, die den Augenblick des Wiedersehens feiern, die spielerisch den Moment des Erwachens am Morgen des Tages vorwegnehmen, an dem sie sich wiedersehen werden.

Man ahnt, dass es zwischen den beiden einen regen Austausch von – größtenteils verloren gegangenen – Briefen und kurzen Nachrichten gab, in denen Bill Meta solche und ähnliche Gedankenspiele vorschlug, damit sie, wenn sie allein in ihrer Wohnung in Los Angeles erwachte, die sie als unverheiratete Sekretärin bewohnte, einen fiktiven Raum betreten konnte, den die beiden in ihrer jeweiligen Einsamkeit errichteten, um gemeinsam etwas zu erleben, wenn nicht in Wirklichkeit, so doch wenigstens in ihrer Fantasie. Auf diese Weise blieben sie den ganzen Tag verbunden, aber im Gegensatz zu heutigen Liebespaaren, die ihre Verbindung durch Messenger-Apps aufrechterhalten, verband sie die Fantasie, ihre Fähigkeit, sich selbst als Figuren einer Geschichte zu sehen, die sie in Abwesenheit des anderen spannen und später genießen konnten, indem sie sie einander erzählten und ausschmückten.

Es ist ein verwirrender Brief, vielleicht habe ich ihn auch nicht richtig verstanden und bilde mir seine Bedeutung und die Situation, die er beschreibt, nur ein. Trotzdem hat er mich an uns erinnert, und ich habe ihn unwillkürlich mit unserer Situation verglichen. Und ja, ich weiß, dass es absurd ist, den verspielten Enthusiasmus einer beginnenden außerehelichen Affäre mit dem Alltag unserer siebzehnjährigen Ehe zu vergleichen. Und doch stelle ich mir bei der Lektüre dieses Briefs die Frage, welche Gedankenspiele uns beiden noch bleiben, oder besser gesagt, welche Spiele wir gemeinsam spielen könnten, um unserer Einsamkeit zu entfliehen, welche Geschichten wir uns erzählen könnten, in denen wir uns vorstellen, wir wären zusammen.

Ich weiß nicht, wie du es siehst, aber für mich sieht es so aus, als hätten wir alles Spielerischere verloren, als erfänden wir weder beim Zubettgehen noch beim Aufstehen Geschichten, in denen wir gemeinsam etwas unternehmen, Geschichten, die daraus entstehen, dass ich dir etwas erzähle, was du mit in den Tag nimmst und dir im Kopf herumgehen lässt, um es mir Stunden später mit neuen Details angereichert zurückzugeben. Geschichten wie diese: Du sagst mir, wohin wir fahren werden, und ich sage dir, womit, weil es dir wichtiger ist, an welchem Ort wir übernachten, und mir, mit welchem Fahrzeug wir dorthin gelangen. Du stellst dir vor, wie die Bettbezüge aussehen, und ich, welche Musik wir im Auto hören, du entscheidest, in welchem Monat wir fahren, und ich, welches Wetter wir haben werden, du beschreibst mir die Aussicht aus dem Hotelzimmer und ich, was du unter deinem Kleid trägst, dann sagst du mir, um wie viel Uhr wir aufstehen, und ich schildere dir das Frühstück, du schlägst mir vor, dass wir uns anziehen und aufbrechen, ohne Plan und Ziel, ohne Karte und Handy (das haben wir im Hotel gelassen), um uns von dem überraschen zu lassen, was die Stadt an Hässlichem, Malerischem, Besonderem und Nichtssagendem zu bieten hat, weil wir unterschiedslos alles feiern, das Hässliche, das Malerische, das Besondere und das Nichtssagende, ich sage dir, in welcher Bar wir schließlich auf einen Drink einkehren werden, und du entscheidest, welcher Drink es sein wird, und dann spinnen wir gemeinsam weiter an der Geschichte, die in unserer Vorstellung wächst und gedeiht, ein Eigenleben entwickelt, sich ganz von alleine ausdehnt und andere Gedanken verdrängt, immer mehr Raum in unseren Gedanken einnimmt und unsere Fantasie beflügelt, wenn wir alleine im Zug, im Flugzeug, in einem Meeting oder im Wartezimmer des Zahnarztes sitzen, wenn wir im Fitnessstudio oder abends auf dem Nachhauseweg sind, bis wir wieder nebeneinander im Bett liegen und uns erzählen, wie sich die Geschichte weiterentwickelt hat, während wir getrennt waren, wie sie im Garten unserer Fantasie unterschiedliche Wege eingeschlagen hat, die wir jetzt, am Ende des Tages, wieder zusammenführen können.

Der Brief hat mich daran erinnert, dass auch wir einmal eine solche Geschichte miteinander geteilt haben, eine ungehemmte, sich stetig wandelnde, aus unserer Vorstellungskraft gespeiste Flut von Möglichkeiten, was wir wären und täten, was aus uns geworden wäre und welche Reisen wir unternommen hätten, wenn wir einander nie begegnet wären. Wir tauchten vollständig darin ein, malten uns tausend Dinge aus, die wir dann tatsächlich miteinander erlebten, und unzählige andere, die hübsche Wunschvorstellungen blieben, in die man sich in einem Augenblick der Leere flüchten konnte. Aber diese Flut ist längst versiegt, seit Jahren haben wir unsere Fantasie nicht mehr zusammen spielen lassen. So lange, dass ich ganz vergessen hatte, dass wir es überhaupt einmal getan haben und dass es eine Zeit gab, in der ich, wenn ich allein im Flugzeug, im Hotel oder im Wartezimmer des Zahnarztes saß, nur an diese wunderbare Flut von Möglichkeiten denken musste, um jeder Einsamkeit zu entgehen. In ihr sammelten und vermischten sich unsere Geschichten, sie trug mich an Orte, wo wir Dinge taten, die wir nie zuvor getan hatten. Weißt du noch, was für einen Spaß wir dabei hatten, uns vorzustellen, deine Tante Clara und ihr verrückter Ehemann würden uns in unseren intimsten Momenten zusehen? Wir fragten uns immer, ob sie das durch versteckte Kameras, einen Zauberspiegel oder eine Kristallkugel taten, dabei war die Frage, warum sie sich überhaupt für uns interessierten, ein viel größeres Rätsel als die Methode, mit der sie uns ausspionierten. An zahllosen verkaterten Samstagen oder Sonntagen spannen wir diese Fantasie fort, wenn wir ungeduscht und spärlich bekleidet ein spätes Frühstück zu uns nahmen. Während wir unser Essen direkt aus der Dose oder

der Verpackung aßen, zwei Flaschen Bier aufmachten und uns unbekümmert unseren niederen Vergnügungen hingaben, stellten wir uns vor, was deine Tante Clara und ihr verrückter Ehemann wohl über uns und unsere ungezwungene Freizügigkeit sagen würden. Du warst dir sicher, dass sich die beiden entsetzt die Augen zuhalten und »Bitte nicht« rufen würden. Ich hingegen war der Überzeugung, dass sie uns heimlich beneideten. Wahrscheinlich sehnten sie sich auch danach, mal lauthals aufzustoßen oder einen ganzen Morgen verkatert und in Unterwäsche in der Wohnung herumzuhängen und kalte Essensreste aus dem Kühlschrank zu vertilgen. »Auf gar keinen Fall!«, schriest du, während du dir übermütig ein Stück Käse in den Mund stopftest, »wenn du denkst, sie würden es genießen, so tief zu sinken wie wir, liegst du falsch, du willst dich nur selbst trösten, indem du dir einredest, dass du in deinem Elend wenigstens frei bist und nicht in ein Korsett eingeschnürt wie sie, und dass es das höchste der Gefühle ist, sich die Finger abzulecken, nachdem man sie in die Dose mit Miesmuscheln gesteckt hat, aber da täuschst du dich, mein Lieber! Die beiden würden uns höchstens zwei Minuten lang mit einer Mischung aus Abscheu und Mitleid zuschauen – Mitleid mit mir, heißt das, für dich haben sie nichts als Abscheu –, und dann würden sie eine Dose Kaviar öffnen und darauf waren, dass ein Minister zum Abendessen kommt und ihnen den neuesten Tratsch erzählt, der viel interessanter ist als der belanglose Ärger mit dem Chef, von dem dein Freund dir in der Bar berichtet.« Das erregte mich, ich rief »Genug geredet!«, zerrte dir den Slip herunter, biss in dein Schamhaar und zog daran, bis es anfing, dir weh zu tun, und du schlugst mir mit der flachen Hand auf den Kopf und wolltest dich totlachen, während du mir wirklich weh tatest, und ich sagte dir, jetzt würden deine Tante und dein Onkel uns ganz sicher beneiden. Sie waren so lustig und unbeschwert, unsere Spiele. Wann haben wir aufgehört, sie zu spielen? Gerade kommt mir der Gedanke, dass die Vorstellung von jemandem, der uns durch ein imaginäres Schlüsselloch neidisch beobachtet, tatsächlich wahr geworden ist, aber es sind nicht deine Tante Clara und ihr verrückter Ehemann, sondern ich bin es, und wenn ich dir das jetzt schreibe, bist du es vielleicht auch, wir beide sind es, Jahre später.

Erinnerst du dich noch an dieses andere Spiel, das wir unzählige Male im Bett, im Auto oder in einem Restaurant spielten? In diesem Spiel ging ich nicht zu Natalias Geburtstag und lernte dich deshalb nicht kennen. Stattdessen heiratete ich Julia – oder lebte unverheiratet mit ihr zusammen –, wir gingen jeden Abend bis in die frühen Morgenstunden aus, von Kindern war nicht die Rede, und dann flogen wir beide bei der Zeitung raus und fingen an zu koksen. Für kurze Zeit traten wir zusammen als Singer-Songwriter auf, dachten, dass es im Grunde genommen ein Glück war, den Journalismus an den Nagel gehängt zu haben, und tingelten durch Provinzbars, bis wir genug vom Nomadenleben hatten und in Malasaña eine eigene Bar aufmachten, wo ich jeden Abend dieselben Lieder spielte und sie ihre hässlichen Bilder ausstellte. Du dagegen kamst wieder mit Javier zusammen, und ihr feiertet eine Hochzeit mit fünfhundert Gästen, während des Gottesdienstes wurde die spanische Nationalhymne gespielt, und danach sahst du ihn praktisch nie, weil er rund um die Uhr arbeitete. Aber er gab dir das Geld, um dir deinen Traum beziehungsweise deine Schnapsidee zu verwirklichen und einen Verlag zu gründen, einen von denen, die wirkliche Literatur veröffentlichen und nie Gewinne machen, deren Bücher auf edlem Papier gedruckt sind und die den spanischen Lesern die Entdeckung dieses bislang unbekannten kasachischen Autors ermöglichen. Nach ein paar Jahren bautet ihr euch in Sotogrande direkt neben dem Golfplatz ein Haus, in dem ihr euch von den Mühen des Lebens in der Gesellschaft der Leute erholen konntet, die euer Leben überhaupt erst mühsam machten. Aber wenigstens hattet ihr genügend Platz, Abstand und Liebhaber, um den anderen gut zu ertragen, nicht wie Julia und ich, die wir die Nächte gemeinsam hinter dem Tresen und die Tage in einer Dreißig-Quadratmeter-Wohnung verbrachten und von niemandem beneidet wurden, sondern von allen bedauert. Ich protestierte: So wäre mein Leben mit Julia nicht verlaufen. Du protestiertest: Und meines mit Javier auch nicht. Ich beharrte: Doch, genauso wäre es gewesen, und du sagtest das Gleiche. Wir lachten, wir stritten, dann lachten wir wieder. Wir waren uns nicht sicher, welcher der beiden Lebensentwürfe kläglicher gescheitert war, deiner oder meiner. Mein Scheitern war ziemlich offensichtlich, deines weniger, aber trotzdem schaffte ich es immer, dich so lange in die Ecke zu drängen, bis du schließlich zugeben musstest, dass deine Strafe in der Hölle des Was-wäre-geschehen-wenn-wir-uns-nie-begegnet-wären nicht besser war als meine.

Ach Paula, wir spielen schon lange nicht mehr, obwohl wir immer noch im gleichen Bett einschlafen und aufwachen. Einmal pro Woche haben wir

Sex, weil das dazugehört, mit geringfügigen Varianten, einem gewissen Repertoire an Stellungen und dem Minimum an Oralsex, das es braucht, damit wir uns nicht als Spießer fühlen, und das Ganze läuft genauso mechanisch ab wie die Planung unserer drei oder vier »romantischen« Kurzurlaube pro Jahr. Einmal haben wir uns sogar für einen Salsakurs angemeldet, um endlich mal wieder mit Körperkontakt zu tanzen (und dann nicht mal die Hälfte der Stunden besucht). Aber unsere gemeinsame Geschichte spinnen wir nicht weiter, wir treiben nicht mehr auf ihrer Welle, wenn wir alleine sind, und fischen nichts Neues aus ihr, weil sie gestrandet ist. Jetzt erzähle ich mir selbst in meiner Einsamkeit andere Geschichten, und sie vermischen sich nicht mehr mit den Geschichten, die du dir vielleicht erzählst. Und diese anderen Geschichten führen mich an andere Orte, zu anderen Menschen, erfundenen oder echten, und ich muss dir gestehen, dass ich fürchte, eines Tages könne die Quelle meiner Fantasie auf die Quelle einer anderen Fantasie stoßen, und zusammen könnten sie einen Bach bilden, denn Bäche suchen immer andere Bäche, bis sie schließlich zu einem wilden Fluss würden, der Steine mitreißt, Schluchten gräbt und zuletzt im Meer mündet.

Schon bald bin ich wieder zurück. Wenn ich dann durch die Tür trete, fällt mir nichts ein, was ich mir vorstellen könnte, und ich werde dich nicht bitten, dir etwas vorzustellen, wie es Faulkner in seinem Brief an seine Geliebte tut. Und auch du wirst dir nichts vorstellen. Ich komme samstags in aller Frühe an, und niemand wird da sein, um mich abzuholen, also nehme ich ein Taxi, und der Einzige, der mich an der Tür erwartet, ist Tico. Er tollt schwanzwedelnd um mich herum, so glücklich über das Wiedersehen, wie er es immer ist, wenn ich weg war, und sei es nur für zwei Stunden. Du hast für Carlos eine Mitfahrgelegenheit zu seinem Fußballspiel organisiert, damit du im Bett bleiben kannst, das Frühstück ist nicht gemacht, Carmen kommt aus ihrem Zimmer, sobald sie Ticos Gebell und meine Schritte im Flur hört. Sie rennt auf mich zu, fällt mir um den Hals und ruft »Papa! Was hast du mir mitgebracht?«. Du bleibst liegen, stellst dich schlafend, damit niemand von dir erwartet, dass du das Frühstück machst, oder du liest die Tageszeitung auf deinem Handy, Sergio wird erst aufwachen, wenn wir ihn aus dem Bett werfen, und nicht erstaunt sein, mich zu sehen, weil er nie weiß, wann ich gehe und wann ich wiederkomme, und es ihn auch nicht interessiert, es sei denn, ich nehme ihn mit, um ihm etwas zu kaufen, das du ihm abgeschlagen hast. So stelle ich mir meine Rückkehr nach Hause vor.

Dabei wünschte ich, wir hätten – wie Bill in seinem Brief an Meta – Lust, ein Spiel zu spielen und uns vorzustellen, dass etwas anderes passiert als das, von dem wir wissen, dass es passieren wird, wenn ich am Samstagmorgen in Madrid lande. Aber ich weiß nicht, wie ich dich darum bitten könnte, es kommt mir so lächerlich vor wie eine heilsversprechende Headline im Beziehungsratgeber einer Frauenzeitschrift. Tipps, um die Leidenschaft in deiner Ehe wieder anzufachen. Rollenspiele, um ein bisschen Pfeffer in deine Beziehung zu bringen. Lerne, deine Fantasien mit deinem Partner zu teilen. Dabei geht es gar nicht darum, dass wir mehr Spaß am Sex haben, weil du dir vorstellst, ich wäre ein Feuerwehrmann, oder ich mir vorstelle, du wärest eine Polizistin, es geht nicht darum, sich vorzustellen, wir wären jemand anders, sondern sich uns gemeinsam vorzustellen.

Glaub nicht, ich wüsste, was ich dir mit all dem sagen will, ich habe keine Ahnung, ich habe einfach nur diesen Brief gelesen, und auch wenn ich ihn nicht ganz verstehe, hat er mir das Gefühl gegeben, sehr weit weg von dir und schrecklich allein zu sein, und plötzlich habe ich Angst davor, nach Hause zu kommen und dort immer noch allein und weit weg von dir zu sein, selbst wenn wir einmal pro Woche vögeln, einen Tanzkurs besuchen, ins Kino gehen, im Juli zusammen nach Schottland fahren, das ganze ausgeklügelte Programm, das uns das Gefühl geben soll, immer noch ein Paar zu sein. Ich langweile mich. Du langweilst dich. Wir langweilen uns. Wahrscheinlich ist es nicht mehr als das: Langeweile. Überdruss. Nicht mehr und nicht weniger als bei den meisten anderen Paaren, die wir kennen. Das erinnert mich an etwas, was mein Vater einmal zu mir sagte. Es war an einem verregneten Sonntagnachmittag in Santander, er wollte seinen Mittagsschlaf halten, aber ich ließ ihn nicht, weil er mir die Langeweile vertreiben sollte: Papa, mir ist langweilig, was soll ich machen, sag mir, was ich machen soll? Er war vom Wein, den es zum Mittagessen gegeben hatte, ein wenig beschwipst und fuchtelte ziellos mit den Händen in der Luft, um mich zu verscheuchen, so, wie man eine lästige Fliege verscheucht. Dazu schrie er, ich solle gefälligst lernen, mich zu langweilen, ich würde mich noch oft genug in meinem Leben langweilen, deshalb wäre es besser, ich finge gleich damit an, es zu lernen, das sei wichtiger als das Einmaleins, und wenn ich ihn noch mal aus dem Mittagsschlaf weckte, nur weil ich mich langweilte, würde er mir eine verpassen, und die hätte ich dann auch verdient.

Ich dachte, ich hätte gelernt, mich mit stoischer Würde zu langweilen, ich dachte, ich sei weise und könne mit der Beklemmung umgehen, die einem am Sonntagnachmittag die Brust zuschnürt, wenn man merkt, dass schon wieder eine Woche vergangen ist und eine neue Woche droht, die sich in nichts von der vorigen unterscheiden wird. Ich weiß, wie man lebt, dachte ich, ich habe Hobbys und Gewohnheiten, mit deren Hilfe ich die ganze Welt auf das Hier und Jetzt reduzieren und alles verschwinden lassen kann, was nicht in meinen Händen liegt (diese Farce, die manche völlig ungeniert *the power of now* nennen oder als »Zen-Augenblick« beschreiben). Und dann bricht der Sonntagnachmittag mit seinem unerträglichen Überdruss über mich herein, und ich bin ihm gegenüber so machtlos, dass ich den Vergaser eines meiner Motorräder ausbaue und die neu gekaufte Schallplatte höre, während ich ein Wildkaninchen dünste, um daraus Ragout zu machen, das ich dann in ein Glas abfülle und mit einem Etikett versehe und dabei überlege, wem ich es schenken könnte, der von meinen Ragouts noch nicht die Nase voll hat, und dann wasche ich mir die Hände, koche für euch das Abendessen, führe meinen Kitzelkrieg mit Carmen, gehe mit Tico Gassi, damit er pinkeln und sein Revier markieren kann, und lege mich mit einem Buch oder einer Zeitschrift neben dich, genau wie du mit einem Buch oder einer Zeitschrift neben mir liegst, und wir stellen uns nichts mehr gemeinsam vor und vergessen fast immer den Gute-Nacht-Kuss, aber wir beenden den Tag lesend, weil in allen Schlafzimmern bei uns im Haus Bildschirme jeder Art verboten sind, alle Handys und Tablets werden in der roten Truhe im Flur eingeschlossen, gemeinsam mit den Geräten der Kinder. Wir benutzen noch altmodische Wecker, die wir sonntagabends als Akt des kulturellen Widerstands gegen eine Bevölkerung stellen, die vom übermäßigen Gebrauch mobiler Endgeräte verseucht ist. Und so beende ich den Tag in der Überzeugung, dass wir wieder einmal den Angriff der sonntäglichen Langeweile erfolgreich abgewehrt haben, dass wir wissen, wie man einen Sonntagnachmittag unbeschadet übersteht. Aber dann steige ich eines Tages in ein Flugzeug und lande in Austin, wo ich zufällig auf diese Briefe stoße und feststelle, dass alle meine Hobbys und Gewohnheiten (alle bis auf die abendlichen Kitzelkriege mit Carmen, die mir Kraft geben) nichts weiter sind als Schleier, mit denen ich vor mir selbst verberge, wie brüchig der Boden ist, über den wir gehen, und dass unser Garten sich längst in eine Wüste verwandelt hat. Und gleichzeitig lehrt mich dieser Briefwechsel, dass es richtig sein könnte, diese Schleier beizubehalten, denn wenn ich jetzt noch einmal sämtliche Briefe von Bill an Meta lese, die ich schamlos abfotografiert habe, und sehe, was in ihnen mit der Zeit passiert ist, merke ich, dass auch Bill dem Überdruss der Ehe nicht entfliehen konnte, nicht einmal mit einer Geliebten und unter Zuhilfenahme der Fantasie. Die Flucht währte nicht lang, kaum drei oder vier Jahre, dann schrieb er immer wieder den gleichen Brief, als hätte er vergessen, dass er ihn bereits geschrieben hatte, *the thrill is gone*, der Trick funktionierte nicht mehr, und als er das bemerkte, sehnte sich Bill nach den Anfangszeiten zurück. Doch auf diese Sehnsucht – die letzte Form der Liebe, die aber auch irgendwann schwindet – folgt wieder der Überdruss, vor dem man ursprünglich fliehen wollte, und das Schlimmste ist, in diesem Zustand gefangen zu sein, in dem keines der beiden Leben Zuflucht vor dem anderen bietet: Es ist der verdoppelte Überdruss, der Überdruss der Ehe wechselt sich mit dem Überdruss der Affäre ab.

Ich frage mich, ob auch uns nur der Überdruss bleibt, ob wir uns ihm widerstandslos ergeben und ihn hinnehmen müssen, wie Bill es schließlich tut, als er sich nicht mehr die Mühe macht, einen Vorwand zu finden, um sich mit Meta treffen zu können, als er das Schreiben aufgibt und sich stattdessen der Jagd und der Pferdezucht widmet. Ich frage mich, ob das nicht in gewisser Weise eine Befreiung für ihn war. *I have retired from literature, and don't have any California contacts anymore to get me out there.* Vielleicht wäre es tatsächlich das Weiseste, mich ganz dem Zerlegen und Lackieren meiner Motorräder zuzuwenden, keine nichtssagenden Texte mehr für Zeitungen und Zeitschriften zu verfassen, Schallplatten zu sammeln, bis dein gesamtes Erbe aufgebraucht ist, die Speisekammer mit Gläsern voller selbstgemachter Soßen und Ragouts zu füllen und in den immer gleichen Bars mit alten Freunden zu reden. Und eines Tages sagen zu können, wie Bill es in einem ruhigen Brief aus dem Jahr 1960 tut, dem letzten seines Briefwechsels mit Meta, *my life is mostly horses now* – mein Leben sind jetzt hauptsächlich die Pferde.

Friday

Dear Meta:

Am still here, busy now schooling my horses for a horse show first week in August. I cant come up East this week.

I got the pictures, thank you, dont have any of myself, haven't been photographed in several years. But I will get hold of somebody with a camera and have some made for you.

I have retired from literature, and dont have any California contacts anymore to get me out there. Maybe I can cook up one somehow. My life is mostly horses now. I belong to two hunts in Virhinia, am there near Charlottesville from November to New Year's, here in Miss. for bird shooting January, Feb. 15th, then in Va. again to finish fox hunting season. Have broken two ribs and one collar bone so far, but nothing shows with my shirt on.

I have lost your Cal. address. Please send me again. I dont remember where I filed it away.

Love to Sally and John.

Bill

Liebe Meta,

bin immer noch hier, damit beschäftigt, meine Pferde für eine Reitshow in der ersten Augustwoche zu schulen.

Ich kann diese Woche nicht an die Ostküste kommen.

Ich habe die Bilder bekommen, vielen Dank, ich habe keines von mir, ich habe mich seit Jahren nicht mehr fotografieren lassen.

Aber ich werde mir jemanden mit einer Kamera suchen und ein paar Fotos für dich machen lassen.

Ich habe die Literatur aufgegeben und keine Bekannten in Kalifornien mehr, die mich dorthin einladen könnten. Vielleicht kann ich jemanden erfinden. Mein Leben sind jetzt hauptsächlich die Pferde. Ich habe zwei Jagdreviere in Virginia gepachtet, bin von November bis Neujahr in der Nähe von Charlottesville, von Januar bis zum 15. Februar hier in Mississippi für die Vogeljagd, dann zurück in Virginia zur Fuchsjagd.

Ich habe mir schon zwei Rippen und ein Schlüsselbein gebrochen, aber wenn ich ein Hemd anhabe, sieht man nichts.

Ich habe deine Adresse in Kalifornien verloren. Bitte schick sie mir noch mal. Ich weiß nicht mehr, wo ich sie hingelegt habe.

Liebe Grüße an Sally und John.

Bill

Wie unvorsichtig von mir, diese Schachtel mit Briefen zu öffnen. Ich bin mir nicht mehr sicher, ob es mir nicht lieber gewesen wäre, ich hätte nie von ihnen erfahren. Wie ich schon sagte: Eigentlich wollte ich nur rasch ein paar Fotos machen, aus denen ich eine Art Postkarte hätte basteln können, die eine seltsame Landschaft zeigt und die Worte: »Hallo, ich bin hier und denke an dich.« Ich wollte dir einfach nur eine Freude machen, so wie ich deiner Großmutter eine Freude gemacht habe, als ich ihr aus Israel ein Fläschchen mit Wasser aus dem Jordan mitbrachte, einem Fluss, in den ich keinen Fuß setzen würde und der für sie ganz nah bei Gott ist. Die alten Griechen haben uns schon davor gewarnt, Kästen oder Büchsen zu öffnen, deren Inhalt man nicht kennt, und wir haben das Öffnen fremder Briefe zu einem besonders widerwärtigen Verstoß erklärt. Zweifellos bin ich für meine Dreistigkeit bestraft worden, und die Strafe besteht darin, dass ich jetzt, siebzehn Jahre später, verstehe, wovon dieser Roman handelt, den du mir damals geschenkt hast – bevor wir anfingen, miteinander auszugehen, als wir noch versuchten, einander zu beeindrucken, uns dem anderen in unserer besten Version zu zeigen, in unseren jeweiligen Wohnungen Gegenstände von hohem gefühlsmäßigem Wert platzierten. Ich schenkte dir CDs mit meinen Lieblingsliedern, und du, eine eifrige Leserin, erzähltest mir von *Wilde Palmen*. Es klang, als sei das Buch dein Credo. Ich verstand kein Wort von dem, was du mir über die Bedeutung des Buches erklären wolltest, und war nur erleichtert darüber, dass du – obwohl ich nichts verstanden und den Roman nicht einmal besonders gern gelesen hatte – weiterhin die Nächte bei mir verbringen wolltest, um tiefsinnige Gespräche zu führen, hemmungslos zu vögeln und jeden Morgen Arm in Arm mit mir aufzuwachen, und es war die Krönung meiner Eitelkeit, dass ich mit einer heißen Braut ausging, die sich für kluge Bücher begeisterte, die ich kaum zu Ende lesen konnte. Jetzt, da ich Faulkners Briefe gelesen habe, denke ich, dass wir beide nie verstanden haben, worum es in dieser Geschichte wirklich geht, einer Geschichte, deren Schlusssatz du dir am liebsten hättest tätowieren lassen – aber vielleicht irre ich mich, und du hast es damals sehr wohl ver-

len Gebrauch zerbrochen, und von Neil Young stammt der Leitspruch des Rock, der an die Moral von *Wilde Palmen* erinnert: *It's better to burn out than to fade away* (Es ist besser, auszubrennen, als langsam zu verlöschen). Du hast es mich tausend Mal singen hören, du kennst das Lied, es ist das, bei dem du jedes Mal deine Schon-wieder-mein-betrunkener-Ehemann-mit-den-ollen-Kamellen-Miene aufsetzt, wenn ich es am Ende eines Abends auflege. Es stammt von einem seiner Alben mit dem Titel *Rust Never Sleeps*. Der Rost schläft nie. Den Satz hatte Young aus der Werbung, es war der Slogan von Rust-Oleum, einem Hersteller von chemischen Produkten zum Schutz gegen den Rost, der unersättlich und unermüdlich Autos, Schiffe und alle anderen Metallfahrzeuge zerfrisst. In unserer Garage findest du Dutzende Sprays und Schmieröle von dieser Marke, sie stellen sogar Farbe für Auspuffrohre her, die Höllentemperaturen aushalten. Es wäre schön, wenn wir rechtzeitig die Tinktur entdeckt hätten, die wir auf unsere Geschichte hätten auftragen können, um zu verhindern, dass sie völlig verrostet.

Es stimmt schon, dass man durch liebevolle Arbeit selbst völlig verrostete Motorräder wieder hinbekommt. Denk nur daran, wie viele Jahre ich an der Restaurierung der Sanglas gesessen habe. Ein ganzes Jahr hat es allein gebraucht, bis sie wieder ansprang, und jetzt glänzt sie wie neu. Was für eine hübsche Metapher, um sich etwas vorzulügen, nicht wahr? Die Lösung scheint so einfach, wenn ich mir sage, dass sie einfach in einer Bastelei mit Blech und Lack besteht, einer Restaurierungsarbeit, die wie durch ein Wunder etwas Altes, Glanzloses in ein schimmerndes Objekt der Begierde für jeden Vintage-Fan verwandelt. Nur dass es eben einfacher ist, ein verrostetes oder kaputtes altes Motorrad zu reparieren, weil man das, was verrostet oder kaputt ist, sehen, hören oder anfassen kann. Es braucht nur Zeit und Mühe, um die Maschine wieder zum Laufen zu bringen. Man könnte unsere Beziehung mit einem alten, kaputten Fahrzeug vergleichen, aber ich habe trotz aller Mühe noch nicht herausgefunden, wo der Motor sitzt, aus welchen Teilen er besteht, wie man ihn auseinandernehmen und neu zusammensetzen kann, damit er wieder anspringt. Und wenn er es wie durch ein Wunder täte, bin ich mir nicht sicher, ob wir wüssten, wo wir hinfahren sollten. Ich weiß nicht einmal, ob meine Begeisterung für häusliche Motorschraubereien mir einen metaphorischen Vorwand liefert, das Problem zu verstehen (wenn man es überhaupt verstehen kann) oder eine Lösung dafür zu finden (wenn es überhaupt eine gibt). Ich vermute, meine Unfähigkeit, genau zu diagnostizieren, was mit uns beiden los ist, rührt daher, dass mit uns beiden nichts Gemeinsames los ist, sondern mit mir eine Sache und mit dir eine andere: Ich weiß nicht, ob du meine Meinung teilst, dass wir ein Problem haben, oder ob du vielmehr denkst, dieses leichte, undefinierbare Unbehagen, das ich Überdruss nenne, gehöre zu einer langjährigen Beziehung nun einmal dazu, und dich mit derselben Resignation damit abfindest, mit der man Altersweitsichtigkeit oder einen Tinnitus hinnimmt, wenn man über vierzig ist.

Mir jedenfalls hat die Lektüre dieser Briefe klargemacht, dass unsere Beziehung an schlimmem Überdruss erkrankt ist und ich nicht zu diesen Sonntagnachmittagen zurückkehren will, ohne eine neuartige Therapie vorzuschlagen – auch wenn sie schlimmstenfalls noch weniger Wirkung zeigen sollte als der Luftbefeuchter, den du den Kindern hinstellst, damit ihr Husten wie durch ein Wunder weggeht.

Dennoch meine ich, in diesem Briefwechsel, der mir alles gezeigt hat, von dem ich gar nicht wusste, dass ich es vermisse, und alles, was ich von jetzt an nicht mehr zu ertragen bereit bin, den Hinweis auf ein mögliches Heilmittel gefunden zu haben. Es findet sich in dem folgenden Brief, den ich von all den vielen Briefen am liebsten mag. Ich habe ihn für dich kopiert und werde ihn dir zeigen, sobald ich zu Hause bin. Es ist weniger ein Brief als vielmehr eine Bildergeschichte, auf der man in kleinen Vignetten die gemeinsamen Erlebnisse der beiden an einem schönen Tag vom frühen Morgen, noch vor dem Aufstehen, bis zur Schlafenszeit verfolgen kann. Und obwohl dieser Kongress wirklich anstrengend war, hat sich die Reise nach Austin schon allein dafür gelohnt, diesen Brief jetzt in den Händen halten und studieren zu können.

Sunday night.

Since you have just waked up, this won't be good night but good morning. And here's the funny page all ready for you.

7
8
9
10
11
12
GOOD. NIGHT

Auf dem ersten Bild sitzt Meta nackt im Bett und streift einen Strumpf über ihr endlos langes Bein, während Faulkner von außen heftig an die Schlafzimmertür klopft, einen Tischtennisschläger in der Hand. Sein Selbstporträt ist am Schnurrbart und an der Pfeife zu erkennen.

Auf dem zweiten Bild sitzen die beiden einander an einem Frühstückstisch gegenüber, auf dem sich auf einem Teller ein gewaltiger Stapel Toasts türmt.

Es folgen zwei Bilder von einem wilden Tischtennismatch, das offenbar damit endet, dass Faulkner unter dem Tisch liegt, dahingestreckt, erschöpft, besiegt. Meta steht ungerührt als Siegerin über ihm.

Dann fährt ein Wagen mit einer rundlichen Karosserie und einem Ersatzreifen hinten auf dem Kofferraum an einem perspektivisch verkürzten Schild mit der Aufschrift SUNSET BLV. vorbei. Im kleinen abgerundeten Rückfenster kann man bei genauem Hinsehen mit einiger Mühe zwei Kreise ausmachen – die Köpfe der beiden. Meta hat ihren Kopf an den von Bill gelehnt; die beiden machen einen Ausflug mit dem Auto.

Auf dem nächsten Bild rennen sie über den Strand. Im Hintergrund sind ein paar Strichmännchen zu erkennen, Leute, die unter Sonnenschirmen sitzen, und Sportler, die vor einem Netz gerade zum Sprung ansetzen, sie spielen Volleyball.

Dann liegen Meta und Bill nebeneinander auf einem riesigen Handtuch auf dem Bauch, die Arme weit ausgestreckt, während über ihnen eine große Sonne ihren Sinkflug antritt.

Auf dem folgenden Bild sieht man, wie Meta sich die Lippen schminkt, im Profil und in Nahaufnahme, so, wie Bill sie sieht, der sie in diesem Moment genau beobachtet. Ihre Lippen sind im Mittelpunkt des Bildes, um sie zu zeichnen, drückt er den Bleistift fest aufs Papier, damit sie schwärzer erscheinen, und obwohl sie nichts weiter als ein Fleck sind, konzentriert sich in ihnen ein dunkler Schimmer, und ich stelle mir vor, wie Faulkner den Bleistift aufdrückt, bis die Spitze beinahe abbricht, um dem Fleck die Lebendigkeit dieser Lippen zu verleihen, nach denen er sich verzehrt.

Auf dem nächsten Bild liegen die beiden wieder auf dem gleichen Handtuch wie zuvor, aber diesmal auf dem Rücken, während die Sonne schon halb im Meer versunken ist.

Dann ziehen sie mit einem befreundeten Paar los, und die vier sitzen in einer Bar um einen quadratischen Tisch und trinken Bier.

Das letzte Bild ist das einzige, auf dem kein Mensch zu sehen ist. Stattdessen zeigt es die Kleider von Meta und Bill, die über zwei nebeneinanderstehenden Stühlen hängen, Strümpfe, Jacken und Unterwäsche, dazwischen eine Tür, die zu einem Hotelzimmer zu gehören scheint. Das Schild *Do not disturb* hängt daran, und unter der Zeichnung liest man *Good night.*

Hast du bemerkt, dass auf diesen Bildern nichts Außergewöhnliches geschieht? Nichts von dem, was die beiden unternehmen, scheint großartig geplant zu sein, sie gehen einfach nur einer Reihe von Vergnügungen nach, die man umsonst haben kann, wie ein Sonnenbad, oder die so anspruchslos wie ein Tischtennismatch oder so günstig wie ein Bier sind. Und doch scheint mir diese kleine Bildergeschichte die Anatomie eines höchst seltenen Ereignisses zu enthüllen: nämlich die eines perfekten Tages. Ein Mann und eine Frau, die vom Augenblick des Erwachens bis zum Schlafengehen zusammen sein wollen, um etwas zu unternehmen und die Zweisamkeit zu genießen. Mehr scheint es nicht zu brauchen.

Etwas an dieser Bildergeschichte erinnert mich an solche entspannten, aber denkwürdigen Tage, die wir miteinander verbracht haben und von denen ich mir wünschte, sie würden unser Leben bestimmen. An einem dieser Tage würden wir ziellos durch die Stadt schlendern, einen anderen von morgens bis abends in der Küche verbringen und pausenlos essen, einen Tag würden wir nackt im Bett liegen und nichts tun, an einem anderen Tag würden wir Reisen planen, die wir niemals unternehmen, und Häuser entwerfen, die wir niemals besitzen werden, und dann gäbe es da noch den Tag, an dem wir etwas bauen, abschmirgeln, lackieren oder tapezieren, Dinge wegwerfen und Möbel verrücken, den Tag, an dem wir uns in einem Hotelzimmer einschließen und betrinken, und den Tag, an dem wir uns verkleiden. Wenn ich diese Tage jetzt analysiere, stelle ich fest, dass sie alle Improvisationen ganz einfacher Motive und Melodien sind, die uns beiden einmal so vertraut waren – ein Spaziergang ohne festes Ziel, eine ausgedehnte Fressorgie, die Planung unerreichbarer Dinge, der Besuch erträumter Paradiese –, dass wir zwischendurch auch mal ein Solo singen konnten, ohne dadurch aus dem Takt zu geraten, und anschließend wieder unisono in den Chor einstimmten, gemeinsam wieder unsere Melodie aufnahmen und sie sangen, bis wir schlafen gingen. Man muss herausfinden, welche

Tage perfekt sind, und sie zu Archetypen machen, die wie die Standards im Jazz funktionieren: Man extrahiert die Melodie der Tage, die man liebt, und benutzt sie als Grundlage für eine Improvisation, die man zusammen spielt. Es sollten Tage sein, die wir einander weder erklären noch in Erinnerung rufen müssen, weil sie Teil eines Repertoires sind, das niemals rostet und sich niemals abnutzt, wie sich die Standards im Jazz niemals abnutzen, sooft sie auch gespielt werden, und die immer unterschiedlich sind und doch immer gleich bleiben.

Wenn ich mir die Tage betrachte, die das Potenzial hätten, zu unseren perfekten Tagen zu werden, fällt mir auf, dass kein einziger davon unsere Kinder mit einschließt. Tatsächlich habe ich nicht vor, etwas, was wir als Paar erleben sollten, zu einer Familienunternehmung zu machen. Ich hasse es, wenn deine Schwester ihren Mann Emilio in Anwesenheit der Kinder mit »Papa« anredet und »Scheibenkleister« statt »Scheiße« sagt. Bei Felipe ist es nicht anders, er nennt Andrea vor seiner Tochter Mama, und in seiner Wohnung und auf seinem Handybildschirm gibt es kein einziges Foto, auf dem sie nicht alle drei zu sehen sind. Seine Urlaubsziele sucht er danach aus, dass ein Freizeitpark für seine Tochter in der Nähe ist, und der wöchentliche Essensplan richtet sich danach, was dem Kind schmeckt und was nicht. Du weißt, ich bin ein leidenschaftlicher Vater, der Carmen jeden Abend durchkitzelt, mit Carlos Autorennen ansieht und mit Sergio Platten hört, aber ich will nicht, dass uns einzig und allein die Tatsache verbindet, dass wir gemeinsame Kinder haben. Was passiert, wenn der Vater den Ehemann ersetzt? Irgendwann sind die Kinder aus dem Haus, und dann bleibt nur noch ein faltiger alter Unbekannter zurück, der dir im Flur über den Weg läuft. Und es wird nicht mehr lange dauern, bis es auch bei uns so weit ist, auch wenn wir uns das noch nicht vorstellen können.

Im Laufe der Zeit haben wir vergessen, wie man gemeinsam einen perfekten Tag gestaltet, es gelingt uns nicht, spontan diese alte Melodie anzustimmen, zu der wir dann im Duett improvisieren können, wir treffen die Töne nicht, spielen drauflos, ohne aufeinander zu hören, und bald ist der Schwung dahin, und alles klingt so abgedroschen wie die Litaneien, die die alten Weiber während der Messe vor sich hin murmeln. Das beste Beispiel dafür haben wir erst kürzlich erlebt, während unserer Reise nach Palermo im letzten Monat. Gestatte mir, sie dir hier noch einmal zu schildern und die kleinen Unaufmerksamkeiten, Gesten und Missklänge unter die Lupe zu nehmen, die dafür verantwortlich waren, dass ein Tag, der eigentlich perfekt hätte sein sollen, zu einer Enttäuschung wurde. Ich will dir damit keineswegs Vorwürfe machen, bestimmt könntest du meine Analyse durch ähnliche Details ergänzen, Augenblicke, in denen ich dir gewollt oder ungewollt auf die Nerven gegangen bin, aber ich vermute, das würde an der Analyse nicht grundsätzlich etwas ändern.

Unser erster Fehler an diesem Tag war die fehlende Flexibilität bei seiner Gestaltung: Du wolltest unbedingt in das Restaurant gehen, das Stefano dir empfohlen hatte, dabei ist er Fitnessfanatiker, kein Feinschmecker, und gut essen ist für ihn gleichbedeutend mit viel Geld ausgeben. Außerdem kommt er aus Mailand und lebt seit siebzehn Jahren in Madrid, ist also in Sizilien nicht weniger Tourist als ich und du. Dazu kommt, dass er zu den Leuten gehört, die eher sterben würden, als zuzugeben, dass sie auf eine Frage keine Antwort wissen, er erträgt es nicht, einem nicht mindestens dreißig Tipps geben zu können, und zu guter Letzt hast du ihn noch für uns reservieren lassen, damit er sich fühlen kann, als täte er uns einen Gefallen, als hätten wir das nicht genauso gut auf Englisch oder über die Webseite machen können. Er tut das nur, um sich bei dir lieb Kind zu machen, schließlich bist du seine Chefin. Und dann hat sein Tipp nicht mal was getaugt. Als wir dort aßen, waren die Nudeln lauwarm, und weil es dich ärgert, wenn Sachen mehr kosten, als sie deiner Meinung nach wert sind, warst du das ganze Essen über genervt, sagtest, das sei Beschiss, und es gab kein anderes Gesprächsthema, bis Stefano dir eine Nachricht schickte. Du schriebst ihm mit sieben Emojis zurück, alles sei fantastisch, dann fiel dir ein, dass du ihm noch Anweisungen für die Organisation des Frühstücks bei einer Konferenz erteilen wolltest, und du riefst ihn an. Du dachtest, es sei mir egal, weil er schwul ist und deshalb keine Gefahr besteht, dass zwischen euch was läuft, aber es war mir nicht egal, weil du mit deinen Gedanken woanders warst, während ich hier mit dir in Palermo beim Abendessen saß. Um es dir mit gleicher Münze heimzuzahlen, zückte ich ebenfalls mein Handy und erzählte dem Erstbesten, der dranging, wie schön es in Palermo sei, ich postete wahllos ein Foto von einer Bougainvillea, die sich um einen Jasminstrauch rankt und über einer alten Mauer hängt, und kurz darauf schrieb meine Schwester, wie neidisch sie auf unseren Urlaub sei, und wollte noch mehr Fotos sehen, fragte, ob ich schon einen Mafioso gesehen habe, und schon war ich mit meinen Gedanken auch woanders. Als du schließlich merktest, dass wir eines dieser Paare waren, die an einem Zweiertisch vor ihren Smartphones sitzen und nicht miteinander reden, schlugst du mir lächelnd vor, die Handys bis nach der Oper auszuschalten. Das machte alles noch viel schlimmer, denn nun wurde überdeutlich, dass wir uns wirklich nichts zu sagen hatten, und um das zu überspielen, diskutierten wir darüber, ob wir Carlos zwingen sollten, mit dem Fußballspielen am Wochenende weiterzumachen, oder ob wir ihn einfach tun und lassen sollen, was er will, ob wir uns eine Fußbodenheizung an- und die Zentralheizung abschaffen sollten, dann kommentierten wir die letzte Haartransplantation deines Onkels, und kurz darauf hatten wir uns wieder nichts zu sagen, man hörte Besteck über die Teller kratzen, wir beobachteten die Gäste an den anderen Tischen, du sagtest, die Pasta sei wirklich nicht besonders gut, und alles sei völlig überteuert. Schon wieder genervt, erklärtest du mir, du hättest nicht vor, mehr als einen Euro Trinkgeld zu geben, aber ich hörte dir schon gar nicht mehr zu, sondern ging im Geiste alle Bars durch, an denen wir unterwegs vorbeigekommen waren und bei denen ich gesagt hatte, warum kehren wir nicht einfach hier ein und stornieren die Reservierung, woraufhin du entgegnet hattest, wir könnten doch nicht fünf Minuten vor dem Essen eine Reservierung platzen lassen, das gehöre sich nicht, und wir müssten eben jetzt in dieses Scheißrestaurant gehen, in das uns Stefano geschickt hatte, ohne eine Ahnung zu haben.

Und an dieser Stelle sollte ich dir eigentlich erzählen, wie diese beiden Menschen, die beim Aufwachen gemeinsam beschlossen hatten, einen perfekten Tag zu verleben, das teure, enttäuschende Restaurant mit einem Lächeln auf den Lippen verließen, weil es ihnen gelungen war, der Sache eine positive Wendung zu geben. Sie hätten Krach schlagen oder einfach die Zeche prellen können, sie hätten den Küchenchef kommen lassen und ihm die Meinung geigen können, sie hätten sich dermaßen betrinken können, dass sie drei Mal das Weinglas umstießen und schließlich gebeten wurden, zu gehen. Erinnerst du dich noch an die Show, die wir bei diesem schicken Japaner in London abzogen, nachdem sie uns ein ungenießbares Fisch-Sashimi aufgetischt hatten? Du behauptetest, ich wäre Mitglied einer kantabrischen Familie, die schon seit Jahrhunderten vom Fischfang lebte, und besäße eine ganze Flotte von Thunfisch-Fangbooten, und obendrein wäre ich Ozeanograf und ein weltweit anerkannter Fachmann auf dem Gebiet der Anatomie des Thunfischs, woraufhin der Oberkellner schamrot wurde und sogar der Chefkoch aus der Küche kam, um sich zu entschuldigen. Wir bekamen mehr Sake ausgeschenkt, als wir verkraften konnten, und du musstest dich auf der Toilette so heftig übergeben, dass die Kloschüssel und ein Teil der Wand hinterher aussahen wie ein Gemälde von Jackson Pollock. Im Hinausgehen klemmte der hintere Teil deines Rocks in der Unterhose fest, und als ich dich darauf hinwies, sagtest du, das hättest du absichtlich getan, in der Hoffnung, man würde uns rausschmeißen, ohne uns die Rechnung zu präsentieren. Das war einer dieser Tage, die das Zeug zu einem Standard haben, und hätten wir uns in Palermo darauf besonnen, alles so leicht zu nehmen wie damals, hätte das Essen dort anders geendet. Stattdessen starrten wir auf unsere Teller, beschwerten uns über die Qualität und den Preis des Essens, und sagten, dass wir besser woanders hingegangen wären und dass das Ganze jetzt eh gelaufen sei.

Aber das stimmte nicht, wir hätten uns tausend Möglichkeiten einfallen lassen können, aus diesem Essen ein Fest zu machen, so wie damals bei dem schrecklichen Japaner, den ich gegen keinen anderen Japaner der Welt eintauschen möchte, weil das Abendessen dort, gerade dadurch, dass alles so miserabel war, eines unserer lustigsten und glücklichsten überhaupt war. Wir hätten uns einfach nur auf den Geist jenes Abends besinnen müssen, doch das taten wir nicht, du bestelltest ein Mineralwasser mit Kohlensäure, lehntest den angebotenen Grappa ab und addiertest mithilfe des Taschenrechners auf dem Handy minutiös jeden einzelnen Punkt auf der Rechnung, in der Erwartung, einen Fehler zu finden, der dich in deiner Meinung bestätigte, dass wir betrogen wurden. Wir hätten uns für den Grappa entscheiden sollen statt für den Taschenrechner, aber ich hatte bereits akzeptiert, dass dieser Tag ein totaler Schiffbruch war, und ich tat auch nichts, um das Schiff wieder flottzukriegen. Und das ist nur ein Beispiel von vielen, ich behaupte nicht, dass die Lösung immer aus dem Handbuch für Sex & Drugs & Rock'n'Roll stammen und man eine ganze Flasche Grappa leeren muss.

Ich bin schon ein bisschen betrunken, deshalb verzeih mir, wenn ich dummes Zeug rede, diese Übungen in Innenblick/Rückblick/Blick in die Zukunft funktionieren besser, wenn man dabei eine Wolke aus Zigarrenrauch vor der Nase hat, in die man starren kann wie in eine Kristallkugel, und ich kann keine Zigarre rauchen, ohne mir dazu mit etwas Hochprozentigem die Kehle durchzuspülen, und so sitze ich hier auf einer Terrasse in NYC, schreibe diesen Brief zu Ende, an dem ich schon den ganzen Tag sitze, und bestelle einen Drink nach dem anderen – was gefährlich ist, aber du weißt ja, Schatz, *in vino veritas*. Selbst Platon soff bis in die frühen Morgenstunden, um angemessen über die Liebe philosophieren zu können.

Und falls du jetzt glaubst, dass ich alle meine Probleme mithilfe von Alkohol löse, will ich dir ein heiteres und vollkommen alkoholfreies Gegenbeispiel nennen. Der Tag, den ich dir in Erinnerung rufen will, begann nicht besonders gut, endete aber im Gegensatz zu unserem Abendessen in Palermo damit, dass wir eine Melodie entdeckten, die ich gerne in unser Repertoire aufnehmen würde. Sergio war ein Jahr alt, als wir ihn für eine Woche bei meinen Eltern in Santander ließen. Es war das erste Mal, dass wir ihn für ein paar Tage weggaben. Aus Furcht, uns könnte unterwegs die Müdigkeit überkommen, brachen wir noch vor dem Mittagessen, kaum dass Sergio eingeschlafen war, von meinen Eltern auf – wir hatten nicht mal geduscht, um uns das Salz von unserem morgendlichen Bad im Meer abzuwaschen. Mit einem Mal würden wir wieder zu zweit sein, und das für eine ganze Woche, es wäre unsere erste Woche allein, seit wir Eltern geworden waren. Ich konnte es kaum erwarten, loszufahren. Weißt du noch, wie gekränkt mein Vater war, weil er Krabben und Muscheln für den Aperitif gekauft hatte und wir sie nicht mal probieren wollten? Gerade, als wir ins Auto stiegen, begann es zu schütten, und meine Mutter sagte, wir sollten doch abwarten, bis das Gewitter aufhörte, bei diesem Regen würden wir noch einen Unfall bauen. Wir mussten die Nebelscheinwerfer einschalten, weil es mitten am Tag stockfinster geworden war, die Scheibenwischer kamen nicht gegen die Wassermassen an, die so laut auf unser Auto herunterprasselten, dass sie die Musik aus dem Radio übertönten, und du warst so besorgt, als hättest du dein Kind vor der Kirchentür ausgesetzt, und stütztest dich in jeder Kurve mit zusammengekniffenen Augen am Armaturenbrett ab, wie um den Aufprall eines Unfalls abzufangen, der dein Kind zur Waise machen würde, bitte überhol nicht, flehtest du mich ängstlich an, obwohl wir nicht schneller als dreißig fahren konnten. Als wir endlich durch die Berge waren, blieb das Unwetter hinter uns zurück. Vor uns erstreckte sich unter einem blauen Himmel ein

Meer aus goldgelben Stoppelfeldern mit Stränden aus ockerfarbener Erde, kleinen grünen Atollen aus Pappelhainen, hinter denen sich ausgetrocknete Bachläufe verbargen, Dörfern mit zusammengesetzten Namen, deren Kirchtürme wie Leuchttürme aufragten, die die einzigen vertikalen Linien am Horizont der Tierra de Campos bildeten. Ich wäre am liebsten bis Madrid durchgefahren, hätte ganze Reihen von Lastwagen auf einmal überholt und das Auto, zu Hause angekommen, zur Not auf dem Zebrastreifen geparkt, nur um dich, jetzt, da die Großeltern und das Baby weit weg waren, schon im Hauseingang, im Aufzug, im Flur, im Zimmer zu vögeln, dir das Meersalz von der Haut zu lecken, anschließend mit dir zu duschen und dann zur Acht-Uhr-Vorstellung im Kino aufzubrechen, um später in einer Bar ein paar Tapas zu essen und ein Bier zu trinken, allein, endlich allein! Auch die schwarze Gewitterwolke deiner Sorgen blieb zurück, sobald wir die Berge hinter uns gelassen hatten und du die freien Felder vor dir liegen sahst, die lange gerade Straße, die Spiegelungen auf dem heißen Asphalt, und als ich anfing, die zusammengesetzten Ortsnamen laut vorzulesen, fiel dir ein, dass du gehört hattest, in Carrión de los Condes gäbe es eine sehr hübsche Kirche, und du schlugst vor, hinzufahren und sie anzusehen. Ich sagte, ich wolle lieber so schnell wie möglich nach Hause, und wir stritten ein bisschen, du konntest ja nicht wissen, warum ich es so eilig hatte, und ich war drauf und dran, dir zu sagen, dass wir es nicht schaffen würden, noch vor der Acht-Uhr-Vorstellung eine Nummer zu schieben, wenn wir diesen Abstecher machten, vielleicht würden wir es nicht mal rechtzeitig bis zur Acht-Uhr-Vorstellung schaffen, sondern nur noch in die Spätvorstellung, und dann würde es nach dem Kino keine Tapas und kein Bier mehr geben, weil alles schon zuhatte, aber dann dachte ich, wenn ich bei unserem kleinen Streit meinen Willen durchsetzte, wärest du sicher sauer, wenn wir in Madrid ankämen, und dann würde es auch keine Nummer geben und wahrscheinlich auch kein Kino und kein Bier. Im Grunde war mein ganzer schöner Plan schon futsch, ich wollte wenigstens den Sex nach der Ankunft retten, auf alles andere war ich bereit zu verzichten, ich sah die Sache sowieso schon den Bach runtergehen.

Du batest mich, wenigstens einmal im Leben auf dich zu hören, man müsse diese Kirche einfach gesehen haben, sagtest du, sie würde mir garantiert gefallen, und ich nahm die Herausforderung an und sagte, wenn wir schon einen Abstecher machten, dann richtig, und schlug vor, auch noch die römische Villa in Saldaña zu besichtigen. Deren Mosaike wollte ich schon seit Jahren sehen, und immer hatten wir es verschoben. Als echter Santanderino sehnt man sich danach, so schnell wie möglich ans Meer zu gelangen, wenn man nach Hause fährt, und wenn man dann dort ist, hat man den panierten Tintenfisch, die roten Bohnen und die Familie bald so satt, dass man nur noch darauf brennt, in die Anonymität Madrids zurückzukehren, und so weder auf dem Hinweg noch auf dem Rückweg in Palencia Halt macht. Es war immer noch Mittagessenszeit, die Sonne und das Thermometer hatten ihren Höchststand erreicht, und du sagtest, in Ordnung, wir haben Zeit für alles, ist doch egal, wann wir zu Hause ankommen, und ich bat dich, die Landkarte aus dem Handschuhfach zu holen, weil man sich damals noch nicht auf das GPS verließ und besser nach der Karte fuhr. Wir fuhren also von der Straße runter, um die Karte zu Rate zu ziehen, ich parkte den Wagen an einem Feldweg, der Wind wirbelte eine Staubwolke auf, ich hörte die Grillen, und plötzlich überkam mich eine ungeahnte Euphorie: Wir hatten die Landkarte ausgebreitet, waren endlich allein und fernab des Weges, du hattest gesagt, die Zeit spiele keine Rolle, und auf einmal war es tatsächlich so, es war mir egal, ich verzichtete frohen Herzens auf alle meine Pläne, die Zeit hatte ihre Struktur verloren. Ich öffnete das CD-Mäppchen, um die richtige Musik für unseren Roadtrip zu finden, ich musste mich für eine CD entscheiden, aber das konnte ich nicht, es waren so viele dabei, die mir passend erschienen, dass mich die Panik überfiel, ich wollte so unbedingt die richtige Musik finden, das Risiko, die falsche zu erwischen, war gigantisch, in diesem Augenblick war es die wichtigste Entscheidung unseres Lebens. Schließlich fiel meine Wahl auf *Astral Weeks*, es war die einzig mögliche CD, sagtest du, es musste einfach *Astral Weeks* sein, darin waren wir uns einig, und ich wartete mit dem Drücken der Play-Taste, bis wir wieder losfuhren, Reise und Lied sollten gleichzeitig anfangen, ich drehte die Lautstärke voll auf, wir kurbelten alle Fenster herunter, *if I ventured in the slipstream*, und du legtest deine Hand auf meinen Oberschenkel, *between the viaducts of your dream*, und ich streckte den linken Arm aus dem Fenster und öffnete die Hand, um den Widerstand der glühend heißen Luft zu spüren, *to be born again to be born again*. Wenn du das hier liest, leg sofort das Lied auf, ich höre es auch, während ich diese Zeilen schreibe. Ich schließe die Augen und bin wieder auf dieser Landstraße, kurz vor Saldaña, inzwischen war es mir egal, ob wir zu den Mosaiken der römischen Villa oder zur Kirche von Carrión de los Condes fuhren, ich wollte einfach auf dieser staubigen Landstraße unterwegs sein, ohne auf die Zeit zu achten, deine Hand auf meinem Bein, während ich mit meiner Hand die Luft einfing und *Astral Weeks* hörte.

Als wir an einem Feld mit einem Haufen aufeinandergestapelter Strohballen vorbeifuhren, schlug ich vor, anzuhalten und auf die Strohballen zu steigen, und du sahst mich lächelnd an und sagtest: »Na, dann los.« Wir parkten den Wagen auf dem Feld, rannten, ohne die Türen zu schließen, auf diesen vergänglichen Monolithen aus Stroh zu und kletterten hinauf, als handelte es sich um eine Aufgabe bei einem dieser albernen Fernsehwettkämpfe. Die Strohballen waren weder so weich noch so harmlos, wie sie aussahen, wir piksten uns an den harten Stoppeln, kratzten uns Arme und Beine blutig, und als wir schließlich, halb tot vor Lachen, ganz oben angekommen waren, verglichen wir unsere Wunden und ließen unseren Blick über die Weite der kastilischen Landschaft schweifen. Unsere Handys hatten noch keine Kameras, und es gab keine sozialen Netzwerke, in denen wir unsere Heldentat hätten posten können, und als wir das Umherschauen satthatten, streckten wir uns für einen Augenblick unter der sengenden Sonne auf den Strohballen aus wie die Fakire, schworen uns, nie zu vergessen, dass wir verrückt waren und so etwas immer wieder machen würden, und dann stiegen wir von den Strohballen hinunter, setzten uns ins Auto und hörten *Astral Weeks* noch einmal von vorn. In Saldaña angekommen, verzichteten wir auf das Mittagessen und sahen uns stattdessen die Mosaike der Villa an, bewegte, wahrhaft grausame Szenen von sich jagenden, ineinander verbissenen Männern und Tieren auf einem sorgsam aus kleinen bunten Steinen zusammengesetzten Fußboden. So viel Arbeit, nur um einen Fußboden in einem Haus irgendwo im Nirgendwo zu verzieren, damit die Leute dann darüber liefen! Dann fuhren wir, immer noch ohne Mittagessen und beeindruckt von den Wundern der heidnischen Welt, weiter zu der Kirche, die du besichtigen wolltest. Dort ging gerade eine Sonntagnachmittagsmesse zu Ende, und die Kirche war voller Achtzigjähriger, die sich ihre Hostien abholten, ein Deutscher, der mit dem Fahrrad unterwegs war, machte Fotos, und du schlugst mir vor, auch zur Kommunion zu gehen, das würde die Reise komplett machen, weil eine Reise immer vom Irdischen zum Unendlichen führen muss, und wir müssten mit all diesen Alten von Carrión und in dieser Kirche den Leib Christi empfangen, etwas, was ich seit meiner Erstkommunion nicht mehr gemacht hatte. Ich folgte dir in die Kirche, ich fühlte mich wohl und bereit, jedem Ritual einen Sinn zu verleihen, ich empfing das Abendmahl, dann kniete ich mich in eine der Bänke, und in dieser kurzen Stille nach der Kommunion betete ich, dass es noch viele solcher Tage für uns geben möge.

Anschließend schlenderten wir durch das Dorf, bis wir auf ein hübsches Hotel in einem Kloster stießen. Ich überlegte, dass ich, wenn wir am nächsten Tag früh genug nach Madrid aufbrechen würden, noch rechtzeitig zu der Redaktionssitzung am Montag kommen würde, du standest kurz vor dem Abschluss deiner Doktorarbeit und hattest montags kein Seminar, und weil wir immer noch keine Lust hatten, nach Hause zu fahren, nahmen wir uns ein Doppelzimmer. Wir mussten lachen, als wir sahen, dass es ein prächtiges Himmelbett hatte. Kaum dass die Zimmertür hinter uns zufiel, packte mich die Begierde, aber du sagtest, du hättest gerade deine Tage bekommen, und da wusste ich, dass es keinen Sex geben würde, und sobald mir das klar war, war es mir plötzlich egal, und das sagte ich dir auch, weil dieser Tag perfekt war und ich mich dir so nahe fühlte, ich wollte dich einfach nur im Arm halten, und so – Arm in Arm – schliefen wir ein und erwachten auch wieder Arm in Arm.

Damals konnten wir noch solche Tage erleben. Manchmal erlebten wir sie sogar. An solchen Tagen suchten und fanden wir uns. Aber plötzlich gibt es solche Tage zwischen uns nicht mehr, so sehr wir sie auch planen. Wir wissen, wie man sie zustande bringt, wir kennen die Tricks, wissen, welche Musik man auflegen muss, wo man hingehen muss und wann, aber es funktioniert nicht mehr: *The thrill is gone.*

Vielleicht liegt die Lösung weniger darin, ein Repertoire an erinnerungswürdigen Tagen zu haben, die wir irgendwann einmal wiederholen wollen, sondern eher darin, bereit für neue zu sein, in dem plötzlichen gemeinsamen Verlangen, von der Landstraße abzubiegen. Es ist wichtig, sich daran zu erinnern, wie ein perfekter Tag zustande kam, aber noch wichtiger ist es, für ihn offen zu bleiben, der Spur zu folgen, sobald sich erahnen lässt, dass ein Tag großartig werden könnte. Ich weiß, dass die meisten unserer zukünftigen Tage darin bestehen werden, dass man überlegt, welche Aufgaben auf einen warten, dass man Joghurt mit Obst frühstückt, die Kinder in die Schule bringt, ins Büro geht, ein wenig fernsieht oder ein Buch liest, das einen noch vor Mitternacht einschlafen lässt – aber die Tür muss offenbleiben – für einen perfekten Tag oder zumindest für die Möglichkeit, sich ihn gemeinsam auszumalen.

Morgen werde ich ins Flugzeug steigen und zurückkommen. Ich hätte dir diesen Brief gerne per Eilboten geschickt, damit er noch vor mir ankommt, ich wollte, dass es ein richtiger Brief auf einem Blatt Papier und mit einem Umschlag wird, auf dem dein Name steht, abgestempelt hier in NYC mit dem Datum von morgen, ein Umschlag, den ich anlecken muss, um ihn zu verschließen, und den du verwundert in Empfang nimmst, weil heutzutage niemand mehr Briefe bekommt, schon gar nicht vom eigenen Ehemann, und den du öffnen und lesen wirst. Ich wollte ihn ausdrucken und mit Randnotizen versehen, Zeichnungen machen, Wörter mit Kugelschreiber hinzufügen wie dieses *shabbily* in Faulkners Brief, aber ich fürchtete, er würde nicht rechtzeitig ankommen oder ihr wäret nicht da, wenn der Postbote klingelt. Also schicke ich ihn dir lieber doch per Mail, und wenn ich ihn abgeschickt habe, werde ich mein Handy ausschalten und es erst wieder einschalten, wenn ich zu Hause bin, ich will deine Reaktion nicht wissen, bevor ich dich sehe. Diese Mail wird dich vor dem Einschlafen erreichen, wenn ihr alle beisammensitzt. Ich werde dir auch eine Nachricht schicken, um sie anzukündigen. Eine knappe, aber effektive Nachricht, die den Eindruck erweckt, dass es dringlich ist und du dir Sorgen machen musst, weil ich andernfalls nicht sicher sein kann, dass du eine so lange Mail von mir liest, in letzter Zeit langweilt dich alles, was ich schreibe. »Wir müssen dringend miteinander reden. Bitte lies die Mail, die ich dir geschickt habe.«

Ich nehme an, das wird funktionieren. Nichts macht mehr Angst als der Satz »Wir müssen reden«. Ich muss gestehen, dass ich jahrelang darauf gewartet habe, ihn irgendwann von dir zu hören, und alles, was du dann in meiner Vorstellung zu mir sagtest, war viel schlimmer und schwerwiegender als das, was ich dir jetzt in diesem Brief geschrieben habe. Ich sage nicht, dass wir uns trennen sollten, ich habe keine andere kennengelernt, es ist nicht so, dass ich dich nicht mehr ertrage. Ich frage mich, ob ich dich zum Lachen oder zum Weinen gebracht habe, ob ich dich im Innersten berühren konnte. Wenn mir das nicht gelungen ist, habe ich versagt, andererseits bist du nach all den Jahren wahrscheinlich immun gegen meine Manipulationskünste mithilfe des geschriebenen Wortes. Am Ende dieses Briefes will ich das Gleiche wagen wie Bill. Ich will, dass du dir meine Ankunft vorstellst.

Es ist Samstagmorgen, du bist früh aufgewacht, um das Frühstück für Carlitos zu machen, dann wurde er zu seinem Fußballspiel abgeholt. Sergio und Carmen schlafen noch, und du bist zurück in unser Schlafzimmer gegangen und hast dich mit einer Tasse Tee ins Bett verkrochen. Du weißt, dass ich jeden Augenblick an der Tür klingeln werde, du nimmst an, dass ich völlig erledigt bin und den Rest des Tages im Bett verbringen will und du dich den ganzen Samstag um die Kinder kümmern musst, während ich vor mich hin leide. Aber als es an der Tür klingelt, bin nicht ich es, sondern es ist meine Cousine María, die anbietet, für diesen Tag die Kinder zu übernehmen. Sie wird ihnen Pizza machen, mit ihnen ins Kino und anschließend ins VIPS essen gehen und bei uns übernachten. María wird dir sagen, dass ich im Hotel Orfila auf dich warte, um mit dir zu frühstücken, dass sie dir ausrichten soll, du sollest dich hübsch machen, das geblümte grüne Kleid anziehen und einen Hut aufsetzen. Sie wird dir auch sagen, dass du mich nicht anrufen sollst, weil ich mein Handy ausgeschaltet habe, dass ich nicht vorhabe, es vor Montag wieder einzuschalten, und dass du bitte auch dein Handy zu Hause lassen sollst. Du hast meinen Brief schon gelesen und weißt, dass ich versuche, uns einen schönen Tag zu machen. Ich verbiete dir, darüber nachzudenken, was uns dieses Abenteuer kosten wird, es wird teuer, aber ich will an nichts sparen, vielleicht werden wir das Ganze sogar mit deiner Kreditkarte bezahlen müssen, aber das ist egal, wenn wir am Monatsende pleite sind, essen wir einfach Konserven, sie werden die Kinder schon nicht gleich aus der Schule werfen, zur Not pumpen wir deine Eltern an, die haben mehr als genug, und wenn nicht, können sie sich etwas Geld vom verrückten Ehemann deiner Tante leihen.

Ich warne dich: Wenn du dein Handy mitbringst, werde ich es dir wegnehmen, mehr noch, vielleicht zerstöre ich es sogar, damit du nicht in Versuchung kommst, es zu benutzen. Nach dem ausgedehnten Frühstück und einer Flasche Champagner (oder zwei) gehen wir in den Prado. Dort werden wir uns nur zwei Bilder ansehen. Meines habe ich mir schon ausgesucht, du musst dir deines aussuchen. Mein Bild ist Goyas Porträt der Marquesa von Santa Cruz, dieser Frau mit Lyra und einem Kranz aus Weinlaub, die dich in das rote Bett einzuladen scheint, auf dem sie ruht, und dir ihren Körper darbietet. Anschließend besuchen wir den Königlichen Botanischen Garten, und ich werde dich in den Winkel führen, wo die Linden stehen, weil dort nie jemand ist, sodass ich dich im Schatten der Bäume küssen und befummeln kann, es ist wichtig, dass du das grüne Kleid trägst, denn das wird es mir ermöglichen, dich auf einer der drei Bänke zu vögeln, die dort stehen, das ist mein Ziel, auch wenn es natürlich davon abhängt, dass niemand dort ist, wenn wir ankommen. Wenn niemand da ist, ist alles einfacher, wenn jemand später hinkommt und uns erwischt, wird er davonstürmen und vielleicht sogar den Parkwächter rufen. Dann vertreiben sie uns aus dem Park wie einst Adam und Eva aus dem Paradiesgarten. Hoffentlich. Danach spazieren wir zur Casa Toni, essen ein leckeres Schweinebäckchen und gebratenen Speck, denn den Luxus genießt man immer mehr, wenn er im Gegensatz zu etwas Einfachem steht. Anschließend sind wir so ermattet, dass wir ein Taxi zurück zum Hotel nehmen. Und dort verlassen wir das Zimmer nicht mehr. Wir nehmen ein langes Bad mit heißem Wasser, wir beide gemeinsam, weil ich nämlich ein Zimmer mit einer großen Badewanne mit Sprudeldüsen reservieren werde. Da können wir dann alles bereden, was beredet werden muss, wir schließen uns ein und bleiben bis zum Sonntag nackt und versuchen, diese unmögliche Stellung zu finden, in der man Arm in Arm schlafen kann, ohne dem anderen die Blutzufuhr der Extremitäten abzuschnüren.

Am Sonntag kaufen wir Churros und gehen früh nach Hause, um mit unseren Kindern zu frühstücken. Sobald wir ankommen, wird María gehen, wir setzen uns in die Küche und sehen uns an und sind glücklich, zu fünft zu sein, diese Familie gegründet zu haben, und nach dem Frühstück legen wir uns hin, lesen die Zeitung und bestellen Hamburger, und anschließend sehen wir alle gemeinsam einen Film, halten einen langen Mittagsschlaf und kehren zurück in unser normales Leben, in der Erinnerung, dass wir einen guten Tag hatten.

Jetzt wirst du ins Bett gehen und dir nicht sicher sein, ob, wenn es morgen um neun Uhr klingelt, alles so passieren wird, wie ich es mir vorgestellt habe, ob es María ist, die kommt, um die Kinder zu übernehmen, damit diese Fantasie wahr werden kann, oder ob ich es bin, der erschöpft und mit Jetlag ankommt, fest entschlossen, den ganzen Tag in Unterhosen irgendwo herumzuliegen, während du dich um die Kinder kümmerst. Aber gerade fällt mir ein, dass es vielleicht sinnlos ist, mit einem teuren Hotel und einer Flasche Champagner eine Krankheit heilen zu wollen, die wir bisher nicht einmal diagnostiziert haben, und dass dich wahrscheinlich sogar die Vorstellung ärgert, ein Tag, an dem wir die große Sause machen, uns betrinken und die Kinder allein lassen, würde genügen, um dieses unbestimmte Unbehagen loszuwerden, das lästig ist wie ein Steinchen im Schuh und nur manchmal sonntagnachmittags richtig weh tut, wenn die nächste Woche näherrückt und man feststellt, wie sehr sie der Woche ähnelt, die bereits vergangen ist, dieses Unbehagen, das uns nur manchmal morgens bedrückt, wenn wir zusammen aufwachen, einander ignorieren und bemerken, wie nahe wir am Nichts sind. Ist es nicht besser, den Schmerz zu wählen und uns mit dem Verlorenen abzufinden? Vielleicht ist es ehrlicher, wenn es morgen nicht an der Tür klingelt und ich einfach nur komme, mir die Kinder schnappe, um irgendetwas mit ihnen zu unternehmen, und sie dann zurückzubringe.

Wie ich bereits sagte, habe ich nicht vor, irgendetwas zu klären, ich glaube, es gibt nichts zu klären, ich will einfach nur ab und zu einen guten Tag mit dir verbringen, das genügt mir, mehr verlange ich gar nicht. Einen verrückten, verschwenderischen, perfekten Tag wie den im Orfila, den ich mir zusammengesponnen habe, oder einen billigen, unerwarteten, spontanen wie den in der Tierra de Campos, der so absichtslos wächst wie eine Blume in einer Mauerritze. Vielleicht wäre es sogar besser gewesen, dir diesen Brief gar nicht erst zu schicken und einfach weiter auf diesen guten Tag zu warten, ohne dir die Verantwortung aufzubürden, dass du ihn gemeinsam mit mir erfindest, denn ich fürchte, das könnte eine Enttäuschung werden.

Möglicherweise hast du mich aber auch verlassen, wenn ich zurückkomme, oder du hast mir etwas zu sagen, was ich nicht erwarte, denn vielleicht liegt das eigentliche Problem darin, dass ich dich gar nicht kenne, keine Ahnung habe, was in dir vorgeht, nicht weiß, was deine Wünsche und Träume sind, die du sicher ebenso hast wie ich.

Und so bleiben wir für den Moment im Ungewissen darüber, was morgen passieren wird, was für ein Tag uns bevorsteht. Aber wenigstens wissen wir, dass es nicht das Gleiche sein wird wie immer und dass morgen endlich etwas passiert.

Ich liebe und küsse dich.

Luis

ISBN 978-3-85179-507-3

Titel der amerikanischen Originalausgabe: *Los días perfectos*

Thiele Verlag in der Thiele & Brandstätter Verlag GmbH, Wien
Umschlaggestaltung: Christina Krutz, Biebesheim am Rhein
Satz: Christine Paxmann • text • konzept • grafik, München
Druck und Bindung: GGP Media GmbH, Pößneck

www.thiele-verlag.com